横浜殺人事件

内田康夫

角川文庫
12458

目次

プロローグ

1

『近江《おうみ》八景』は、いうまでもなく、滋賀県の琵琶湖《びわこ》とその周辺の名勝・八カ所を讃《たた》えた名称である。もとは中国の瀟湘《しょうしょう》八景に擬してそう呼んだもので、明応《めいおう》九年（一五〇〇）のこととされている。

これと同じように『〇〇八景』という名前を冠した場所は、日本じゅうのあちこちに存在する。

神奈川県横浜市にも『金沢八景』という地名があり、その名のとおりの景勝の地が、かつてはあった。

あった――と過去形にしたのは、現在はその面影さえ見ることができないからである。

金沢八景は横浜市金沢区の南端に近い、平潟《ひらがた》湾付近にあった八つの景勝を、近江八景同様、瀟湘になぞらえて呼んだものである。

したがって、そういう呼ばれ方をした時期は、おそらく近江八景が選ばれた直後かと考えられる。

『金沢八景』という名称が最初に文献に現れるのは、江戸時代初期の慶長《けいちょう》年間のことであるらしい。

金沢そのものは、北条《ほうじょう》氏の鎌倉幕府のころに「金沢文庫」が置かれたことでも分かるように、早くから開け、文化的な色彩のつよい土地柄であった。

江戸時代に入り、幕末近くになると、江戸の町民が、大山詣《おおやまもう》での帰途、金沢に立ち寄り、瀬戸《せと》の茶屋あたりで、いわゆる精進落としのドンチャン騒ぎをやったりしたという。

「瀬戸」というのは現在も残る地名だが、金沢八景の一つに入っている。

ちなみに『金沢八景』を紹介すると、つぎのようなものだ。

洲崎《すざき》の晴嵐《せいらん》、瀬戸の秋月《しゅうげつ》、小泉《こずみ》の夜雨《やう》、乙艫《おっとも》の帰帆《きはん》、平潟の落雁《らくがん》、野島《のじま》の夕照《せきしょう》、内川《うちかわ》の暮雪《ぼせつ》、称名《しょうみょう》の晩鐘《ばんしょう》。

以上だが、「八景はすべて能見堂《のうけんどう》よりいふなり」——と称したように、本来の金沢八景は能見堂から眺めた景色でなければ本物ではないとされた。

能見堂というのは、現在の金沢区能見台五丁目付近の丘陵地に建っていた草庵《そうあん》である。

この付近一帯は振興住宅地として開発され尽くしてしまって、能見堂跡を含む「能見台森」という尾根伝いの、わずかな土地だけが緑地としてかつての面影を残している。

金沢八景にかぎらず、京浜工業地帯の過去百年の変遷は驚くばかりだが、ことに、この地の変貌《へんぼう》ぶりはすさまじいものがある。

昭和三十年代のころまでは、このあたりの海岸は海水浴場として知られていた。平潟湾では天然のワカメが採れ、潮が満ちてくると、カレイ、スズキ、アジなどが釣れ、干潮時には、エビ、カニ、アサリなどがいくらでも採れたという。

昭和六十三年末、環境庁は全国公共用水域水質汚染測定結果を発表したが、そのワーストⅠは、なんとこの平潟湾であった。

金沢八景のうち、いまもなお、辛うじてその面影を止《とど》めているのは、わずかに一ヵ所――「称名の晩鐘」のみである。

「称名」は寺の名前、つまり称名寺で撞《つ》く鐘の音のことをいったものだ。

称名寺は京浜急行「金沢八景」駅で下車、東へ徒歩十分ほど行ったところにある。創建は十三世紀の中ごろ、北条実時《さねとき》によって持仏堂が建てられたのが最初といわれる。その後、何度か火災に遭い、天和《てんな》元年（一六八一）に金堂《こんどう》が再建され、大正十一年には国の史蹟《しせき》に指定されている。

すべてが転変してしまった中で、この界隈《かいわい》の一角だけは、比較的に昔のままの佇《たたず》まいをいまに伝えているといっていい。狭い通りを行くと、古風な町家や年老いた樹木などもわずかながら生き延びている。

通りに面した赤門を入り、百メートルばかりの参道を歩いて、仁王門を潜ると、上野不忍池《しのばずのいけ》を小ぶりにしたような池を中心にした庭園が広がる。池の中央には小島があり、反橋《そりばし》・平橋、二つの朱塗りの橋がかかる。その向こうには本堂（金堂）や鐘楼などが建ち、池の水面に姿を映している。

堂の背後には金沢山、稲荷山《いなりやま》、日向山《ひゅうがやま》——と呼ばれる三つの小高い山が尾根で結ばれ、屏風《びょうぶ》のように寺域を囲っている。

付近一帯、埋め立てと開発による、都市化の進むこの界隈に、こういう、いわば手つかずの場所があること自体、不思議な気さえする。

その山を登り、尾根を巡る道はよく整備され、「称名寺市民の森」と呼んで、気軽なハイキングコースになっている。とくに、ここからの眺望はすばらしく、東京湾からはるかに房総半島の山々を望むことができる。

尾根のピーク・金沢山の頂上には八角堂がある。高さが五メートル足らずの、屋根も柱も壁も味気ないコンクリート造り。中に何もないガランドウだが、かつては何かの像が祀《まつ》られていたという説があり、それを裏付けるような祭壇の跡らしきものや、ロウソクが燃えた形跡などが見られる。

コンクリートで固めた床の下にも、「何か」が埋められているという噂が流れた。「何か」が何なのかは誰に訊《き》いても知らないのだが、そういう、ちょっと不気味な噂が本当らしく聞こえる雰囲気が、この堂にはある。

三月十四日——その八角堂の中で男が死んでいた。

2

この日は、記録的な暖冬といわれたこの冬を締め括《くく》るように、異常に暖かく、気象庁は四月下旬から五月上旬の気温と発表した。

称名寺の梅はとっくに散り、桜がそろそろ開花しそうな陽気であった。

その陽気に誘われたように、東京の俳句同好会のメンバーが八人、十時ごろから山に登って行った。山頂で弁当をひろげながらの句会を催そうという計画である。

メンバーは男性が三人に女性が五人、いずれも六十歳をすぎた者ばかりで、最年長のリーダーは七十八歳の老人であった。

ウイークデーとあって、彼らのほかには人影はなかった。

のんびりした足取りで急な坂道を登り、山頂に着いてやれやれと腰を伸ばしたとき、女性メンバーの二人が何気なく堂を覗《のぞ》き込んで、男が死んでいるのを発見した。

見た瞬間に死んでいると思った――と、のちの警察の事情聴取に対して、発見者である二人は言っている。男は床の上に仰向《あおむ》けに横たわり、のけぞるように顎《あご》を突き出し、両眼と口をカッと開けていた。

よほど苦しかったのか、両手は喉《のど》をかきむしるような位置で硬直していた。

八人の中でいちばん元気のいい男が山を下りて、警察に通報した。

所轄の金沢警察署から、小宮《こみや》刑事課長以下、刑事課ばかりでなく、署員の半分近い人間が駆けつけた。

男は一見サラリーマン風の背広にコート姿で、ポケットから名刺入れが出てきた。中に身分証明書、運転免許証などがあり、それによると、死んでいたのは東京都三鷹《みたか》市の会社員・浜路恵一《はまじけいいち》（五十四歳）と判明した。

ほかにホテルのものらしい鍵《キー》が一本あった。鍵には「426」という数字と、イギリス貴族の紋章に似たマークが刻まれている。

名刺の勤務先——岡松《おかまつ》物産株式会社——に連絡すると、会社でも浜路のことを探しているところだという。

「浜路は今朝、出社しておりませんで、困っていたところです。奥さんに訊くと、昨日の朝、会社に行くと言って出たきり、家に戻っていないどころか、何も連絡がないということで、心配していた矢先でした」

すぐに自宅に電話して、浜路夫人に確認を取った。夫人も、人相・服装など、警察の説明を聞くと、「たぶん主人に間違いないと思います」と断言した。さすがに声は震えていたが、気丈な性格なのか、はっきりした口調であった。

「これからすぐに参ります」

そう言って電話を切った。東京の三鷹市からだと、吉祥寺《きちじょうじ》から井《い》の頭《かしら》線で渋谷《しぶや》に出て、渋谷から東横線で来ることになる。割りと便はいいけれど、それでも二時間近くはかかるだろう。

その間に現場の実況検分が行なわれた。

浜路の死因は毒物による中毒死であることは、医者や検視官でなくても、ちょっと慣れた刑事なら、ひと目見ただけで分かりそうな状況だった。

おまけに、浜路の脇には飲みかけの缶コーヒーが転がっていた。少し離れた床の上には、点《つ》けっぱなしで電池の切れたペンライトが横たわっている。

衣服に乱れはなく、誰かと争ったような形跡も見られなかった。

「自殺かな？」

小宮は部下の多田《ただ》部長刑事に訊いた。多田は四十二歳、小宮より七つも年上の厄年を迎えた男である。

「はあ、たぶんそうだと思いますが」

多田は遠慮がちに答えた。二十年間、ずっと刑事畑を歩いてきた男である。自殺か他殺かの識別には、自分なりに自信もあり、いまだかつて見誤ったことはないのだが、若い上司には気を遣う男だ。

遺体は解剖のために南区にある大学病院に運ばれ、まもなく浜路の妻も来て、遺体の身元確認をした。

妻は寿子《ひさこ》といい、夫の浜路よりは四つ年下のちょうど五十歳。すでに覚悟を決めてきたらしく、黒っぽい服装で、化粧っ気もなく、そそけ立ったような顔であった。

寿子は電話の印象どおり気丈な女だった。遺体が自分の夫であることを告げるとき、涙をこぼしはしたが、すがりついて泣くような乱れ方はしなかった。ただ精一杯、気を張っている感じは、見ていて痛々しいほどよく分かった。どこか、心のつっかえ棒をはずすとくずおれそうに思えた。

「ご主人が自殺されるような理由は、何かあったのでしょうか?」

多田が訊くと、寿子はゆっくりかぶりを振った。

「いいえ、まったく思い当たることはありません」

夫のことはすべて把握している——とでも言いたげな、自信に満ちた口調であった。

「しかし、こうして現実に自殺なさったのですから、何か理由があるはずで……」

「あの……」と、寿子は多田の言葉を遮って、言った。

「ほんとうに自殺なのでしょうか?」

「はあ……」

多田は当惑しながら答えた。

「もちろん、まだ断言はできませんが、現場の状況からいって、その可能性が強いと考えられます」

「でも、絶対に違います。昨日の朝、出掛けるまで、これっぽっちもそういう気配もありませんでしたし、だいいち、遺書もないじゃありませんか」

「それはおっしゃるとおりです。いまも言いましたように、警察としてもまだ断定したわけでなく、これから捜査してゆくところですので」

多田はともかく、寿子を宥《なだ》めた。

母親より少し遅れて、浜路の娘・智子《さとこ》が、岡松物産の関係者と一緒に駆けつけた。智子の勤務先である商事会社が岡松物産に近いことから、岡松の社員が迎えに行ったということであった。

母親譲りなのか、娘もなかなかのしっかり者で、警察の事情聴取に答えながら、逆に父親の死んでいた状況などについて、根掘り葉掘り質問して、刑事たちを当惑させた。

岡松物産の関係者は、総務部長の北沢《きたざわ》と社長室長の谷本《たにもと》、人事課長の奥野《おくの》、それに浜路の部下の松井《まつい》の四人。北沢と谷本の二人は取締役だそうだから、会社としては、重大事として受け止めて対応しているのだろう。

四人はいずれも沈痛な表情で、警察の事情聴取に応じた。あらかじめ会社側から余計な発言を禁じられているのか、浜路の変死については、まったく思い当たることがないと答える以外、慎重な受け答えに終始した。

解剖の結果、浜路の死亡推定時刻は、昨夜遅くから今日の未明にかけて——午後十一時から午前二時ごろにかけて——と見られた。

寿子の話によると、浜路は昨日の朝は平常どおりに家を出たということだ。昨日の夜、帰宅しないので心配はしていたが、若いころには、マージャンで徹夜になることもチョクチョクあった。雀荘《ジャンそう》から直接会社に出ることも珍しくない時期もあったので、まさかこういうことになっているとは、当然のことながら、思ってもみなかったそうだ。

今朝、夫が会社に出ていないことを知ったのは、午前十時過ぎに、会社からの問い合わせがあったときである。

浜路は庶務課長で、緊急に彼の決裁を要する書類があった。浜路は無断欠勤はおろか、電車の事故でもないかぎり、遅刻したことさえないほどの几帳面《きちようめん》な男だ。大学も三流どころを出た男だし、几帳面以外に取柄のないような人物だが、それを買われて庶務課長の椅子に就いたといわれている。

浜路の行動の一部については、その日の夕刻前には判明した。

浜路のポケットにあった紋様入りの鍵が横浜山下《やました》公園前にある「ホテルニューパレス」のものであることをつき止め、同ホテルに問い合わせたところ、浜路は昨夜、同ホテルに投宿していたというのである。

浜路がなぜそのホテルに泊まったのか、家族も会社の人間も、まったく思い当たることがないと話している。

「何かの間違いでは……」

浜路の妻は信じられない――という面持ちで、しきりに首を振った。夫人にしてみれば、夫の死そのものもさることながら、結婚以来二十六年、銀婚式を去年の秋にすませたばかりの夫に、彼女の窺《うかが》い知ることのない世界があったということに、強いショックを受けたらしい。

警察は自殺とも他殺とも断定していなかった。ホテルには小宮刑事課長自ら、多田部長刑事を伴って赴いた。

ホテルニューパレスは大正十五年に着工され、昭和二年に営業を開始したという、横浜では唯一といっていいほど、由緒あるホテルである。戦災を免れ、現在に到るまで、ほぼ創業当初の面影を残している。

ガイドブックなどには「外装はルネッサンス様式、内装は近代ヨーロッパ調の中に、東洋風の伝統が生かされた設計――」というようなことが書いてある。いわば「和洋折衷」の典型で、横浜の街そのものの特徴に通じるものがある。

開港百三十年の横浜の歴史を語る、代表的な建造物といっていい。

マッカーサーが厚木《あつぎ》飛行場に降り立って、最初の数日を過ごしたのがこのホテルである。作家・大佛次郎《おさらぎじろう》は、昭和六年から約十年間、このホテルに滞在して、318号室を仕事場として使った。

朝日新聞に連載された小説『霧笛』はここで執筆された。

窓の外に港が見える。碧《あを》く、鏡のやうに平な水の上に、汽船が何隻も浮かんで、色ペイントの影を流してゐる。そのマストや海沿ひの建物の屋根に翻《ひるがへ》つてゐる小旗は、晴れた青空を楽しげに泳ぐ金魚だつた。

これは『霧笛』の中の一節だが、いまもこのホテルの窓から眺めると、こういう風景に出会えそうな予感がしてくる。

もっとも、無粋な刑事の目には、そうした歴史の重みや文学的な意義に対する感興などさらさらなく、ただ見たまま、古くさく、陰気くさい建物にしか思えない。

フロント係の話によると、浜路恵一は昨日の午後三時ごろに、電話で予約している。チェックインは午後七時過ぎ。ベルボーイが426号室に案内した。手荷物はごくありきたりの書類カバンと風呂敷包《ふろしきづつ》み。中身はわからなかったが、小さなミカン箱程度の箱型だった。ボーイが「お持ちしましょうか」と言ったが、浜路は「いや、結構」と断わったそうだ。

その後、浜路はフロントに顔を見せていない。このホテルは創業以来レストランが自慢の一つだが、浜路はレストランにも現われた形跡はない。

午後八時ごろ、外から電話が入った。その後、外出したと思われるのだが、フロントに鍵《キー》を預けていないので、ホテル側はずっと館内にいるものと思っていた。

ホテルのチェックアウトタイムは午前十時となっている。延長する場合には、フロントに連絡しなければならない。

十時半ごろ、清掃係が部屋を訪れ、客が不在であることを知り、清掃にかかった。

しかし、この段階では、もちろんフロントはそのことをキャッチしていない。

浜路はチェックインの際に所定の前金を預けているので、そういう意味での心配はしていないが、連絡がないまま退館されても、清算ができないので、困る。

部屋に遺留品はなかった。フロント係の記憶によれば、チェックインのとき、浜路はたしか、書類カバンのほかに、それより少し大きめの風呂敷包みを持っていたのだが、それらは室内になかった。だからこそ、清掃係もすでにチェックアウトしたものと思い、掃除を始めたのである。

「まったく何も残っていなかったのかね」

多田刑事は脇で聞いている小宮が少ししつこく感じるほど、同じ質問を何度も清掃係のおばさんに行なっている。

「何かのメモとか、そういうものでもいいのだがね」

「何もありませんでしたよ」

おばさんは膨れっ面をして答えた。

「せいぜいゴミが落ちていたくらいなものです」

「ゴミかね、どんなゴミかな？　紙屑《かみくず》じゃなかったのかい？」

多田はまだメモにこだわっている。

「そんなもんでなく、ゴム紐《ひも》みたいなものですよ」

「ゴム紐？　どういう？」

「どういうって……ゴム紐はゴム紐ですよ。生ゴムみたいな……そうねえ、輪ゴムの大きいのみたいなものかしらねえ」

「ふーん……どこに落ちていたのかな？」

「椅子の下ですよ。掃除機をかける前に、何か落ちていないか、一応見るんですけどね、よく、ブローチだとか、ピンだとかが落ちていて、吸い込むことがあるんですよ。あとで忘れ物があったとか言って、文句を言われることがあるので、気をつけているんです」

「そのゴム紐、どうした？　捨てちゃったのかい？」

「いえ、捨てようかと思ったけど、弁当を入れる紙袋の口をとめるのに便利だもんで、そうして使ってますよ」

「ちょっと見せてもらえないかな」

「いいですよ」

おばさんはそのゴム紐なるものを、紙袋ごと持ってきた。なるほど、弁当の入った紙袋の口を押えるのに、ちょうど手ごろな輪の大きさであった。

おばさんが言ったとおり、生ゴムのように伸長率のいい、かなり丈夫なゴム紐だ。

「このゴム紐は、前の日の客が忘れて行ったとか、そういうものじゃないのかい？」

多田が訊《き》くと、おばさんは気を悪くしたように、額に皺《しわ》を寄せた。

「そんなことありませんよ。毎日ちゃんと掃除をしてますからね、そんな大きなゴミが落ちていれば、気がつくに決まってます」

「なるほどなるほど……」

多田は苦笑してゴム紐をつまみ上げた。見れば見るほど、意味のない、ただのつまらないゴム紐に思えた。

第一章　赤い靴の少女

1

インタビューの意図を訊いたら、「ローカル局の悲哀」といったようなものがお聴きできれば――という話であったから、紅子《べにこ》は頭にきた。

「悲哀なんて、感じてないわよ」

つい、つっけんどんな言い方になった。もっとも、相手がそれを感じ取ったかどうかは分からない。週刊誌の記者なんて、図々しくなければ勤まらないとしたものなのだろう。

「そうなんですか、悲哀はないのですか」

記者は二十七、八歳といったところか、新人に毛が生えたような若さだ。たぶん、編集長か誰かに命じられるままやってきて、言われたとおりの質問をしたにちがいない。

――ローカル局なんてものは、見てもらえるあてのない番組を作っているんだからさ、虚《むな》しいもんだよ。

そんなことを吹き込まれて、その「虚しい」職場で働いている連中の、嘆きの声でも聞きに来たつもりなのか。

「悲哀どころか、ご覧のとおり、日々いきいきと楽しくやってますよ」

紅子は少しおどけて、紺地に白とベージュのストライプが入ったジャケットの両肩をそびやかしてみせた。

「そうですねえ、藤本《ふじもと》さんを見ていると、そんな感じがしますよねえ」

記者はアテがはずれたような顔をした。

（アホか、こいつ——）

紅子は呆《あき》れた。「いきいき」と「自棄《やけ》っぱち」との見分けがつかないらしい。

正直なところ、横浜テレビの労働条件の悪さは、悲哀なんかに浸っているような余裕もないのである。

紅子はここ何年ものあいだ、朝は十時に出勤して、夜はその日のうちに帰宅したことがないという生活を強いられている。

しかも、狭い社屋に詰め込まれるようにしてデスクを並べ、社員食堂どころか、ちょっと一服——などと寛《くつろ》げるようなスペースさえもないという、劣悪な環境の職場だ。

玄関を入ったとっつきには、一応、ロビーらしきものはある。しかしそこにもスチール製の棚が並び、倉庫に入りきらなくなった資料やテープ類が積み上げられている。その隙間のようなフロアに、病院の待合室よろしく、ベンチのようなソファーが並び、それが時には応接室であったり、打ち合わせのために利用されたりする。

お客を遇するのにもそれだから、社員の居住空間にゆとりなどあるはずがない。紅子のいる三階の制作部のフロアは、文字どおり足の踏み場もないほどデスクが犇《ひし》めき、ちょっと椅子を引いたりずれば、背中合わせの人間に衝突しかねない。

それぞれのデスクの上といわず下といわず、書類、台本、もろもろの資料、アンケート葉書の束から、はては使うアテがあるとも思えないような小道具までもが、天井近くまで積み上げられている。

その職場で、紅子は十三年も走りつづけてきた。少ない人数で多すぎる仕事をこなすのだから、走らないと間に合わない。

毎月の残業時間が五十時間などというのは当たり前、百時間でも驚かない――という状態だ。

それが不思議に苦痛ではなかった。口では誰もが「ひどいよねえ」と言いはしても、それじゃ、残業なんかやめて、実働八時間、ふつうのサラリーマンなみの、まともな生活をしようか――という気には、さらさらなれない。

ディレクターの小林《こばやし》が、いみじくも言っていた。

「テレビ屋っていうのは、マゾっ気のあるヤツでなきゃ、勤まらねえよなあ」

そうかもしれない。確かに、紅子の体の中には、酷使されることを快感のように感じる部分がある。自ら求めて、劣悪で過酷な環境に身を投じている気味もあった。

デスク周辺の乱雑ぶりにしたって、それぞれが競いあってそうしている面も、多少はないこともない。散らかり方の度合いが、そのまま仕事量を示すバロメーター――という気分もあった。

「くよくよしないってことね」

紅子は若い記者に引導を渡すように、言った。

「テレビ屋は決して過去を振り返ることをしないのよ。おたくたち雑誌の人だって同じでしょう。常に明日あるのみってとこかな。明日っていうと、聞こえはいいけど、いまからほんの数時間、数十分、数分先をどうするかで骨身を削っている人種じゃないの」

「はあ……しかし、視聴率というのがあるでしょう?」

「ああ、あれね」

紅子はわずかに眉《まゆ》をひそめた。

「そりゃ、視聴率がいいに越したことはないけど、でも、横浜テレビみたいに半官半民といっていいような地方局は、ふつうのテレビ局と違って、視聴率を気に病むことはないのよ」

そうは言ったが、視聴率を気にしないというのは、たぶんに負けおしみ的な要素が強い。同じ民間のローカル局でも、たとえば、長野県、秋田県、鹿児島県――等々のように、先発のVHF局も後発のUHF局も、同一エリア、同一出力という、ほぼ同じ条件のもとで視聴率を争うのと異なり、横浜テレビをはじめ、埼玉テレビ、群馬テレビ、千葉テレビといった、関東一円に点在するUHF局は特殊な性格を持つ。

関東地区一都六県は、NHK、同教育テレビ、日本テレビ、TBS、フジテレビ、テレビ朝日、テレビ東京という七つのキー局によってカバーされている。視聴率だけで論じるならば、ローカルUHF局のちっぽけな電波や番組構成で太刀打ちできるはずがない。

関東地区のローカル局は、横浜テレビを例に取れば、資本金のほぼ二〇パーセントが神奈川県等自治体の出資である。したがって、放送番組の内容も、それに見合うパーセンテージで、県の方針に沿ったものでなければならないという原則を抱えている。

だからといって、必ずしもお堅い公報関係の番組を中心に編成するところまでは要求されるわけではないのだが、それでも、映画やドラマといった娯楽番組の絶対量は、全体のほぼ二割程度、一般の局とは較べるどころではない。

番組のメインは神奈川県内の各種情報――それもなるべく公共的要素の強いもの――ということになる。

ただし、それをお役所的な、味もそっけもない「公報」として流すのではなく、多少なりとも、テレビ番組らしい味付けを施して放送するところに、工夫があるといえばある。

藤本紅子がプロデュースを担当する『TVグラフィック24』は、まさにそういう番組の典型的なものの一つだ。

県内の史蹟《しせき》めぐり、商店街探訪、県内著名人の一日、美味《うま》いもの・店の紹介、主婦の経済学、住宅とインテリア……といったところが主たるラインナップ。木曜日の午後八時から九時半まで、ワイドショー形式で送る番組である。

午後八時から九時台といえば、いわずと知れたゴールデンタイム。家庭のテレビは各放送局の強力娯楽番組の集中砲火に晒《さら》されている時刻だ。

どう贔屓目《ひいきめ》に見ても、それほど面白いとはいえない『TVグラフィック24』が、視聴率を稼ぎ出せるとは思えない。

視聴率の上だけで横浜テレビの花形番組といえば、なんといっても夏の高校野球県予選の実況中継だ。これは一〇パーセント近くはいく。それに較べると、インフォメーション番組の視聴率はどれも微々たるものである。

しかし、その中では『TVグラフィック24』はまだしも健闘している。最近のデータでは、一・〇一パーセントを記録した。

神奈川県で一パーセントは約三万世帯に相当する。数字の上では、およそ九万人が視聴してくれたことになる。この数字は、『TVグラフィック24』のスタッフと出演者に与えられた、輝かしい勲章といっていい。

とはいうものの、番組制作に駆けずりまわる努力の割りには、必ずしも正当に評価され、報われたといえるような数字ではない。そのことを深刻に考えれば、確かに悲哀も感じるし、虚《むな》しくもなる。

(あんちきしょう、いやなことを言ったわねえ——)

雑誌記者が引き揚げて、時間が経つにつれて、紅子は不快感が込み上げてきた。

そうでなくても、このごろ、妙に感情の起伏が激しいのを自覚しているのだ。情緒不安定というのかもしれない。猛烈にハイな気分になって、いいアイデアがぽんぽん飛び出したかと思うと、ものの五、六分後には、ドーンと落ち込んで、むやみに気だるい疲労感に浸ってしまう。

記者と会っているときは、気持ちが昂《たか》ぶって、圧倒するような喋《しゃべ》り方をしたくせに、いまはもう、そのときに喋った言葉を取り返したいような、退嬰的《たいえいてき》な気分になっている。

（カメレオンか——）

紅子はふと思った。

一週間ばかり前、『TVグラフィック24』で「港の見える丘公園」の特集を組んだとき、取材の過程で、中島敦《なかじまあつし》という作家のことを知った。

中島敦は昭和八年から十六年まで、横浜元町《もとまち》の汐汲坂《しおくみざか》にあった横浜高等女学校（現横浜学園）で国語と英語を教えていた。

横浜高等女学校というのは、かつて「むらさき高女」と呼ばれた、横浜では名門といっていい由緒ある学校である。

その卒業生を探訪して、古きよき時代の話を聞いてゆくうちに、中島敦という名前がいくどとなく出た。

中島敦は教師としても、生徒間にかなりの人気があったらしい。しかし中島は教師生活に飽き足らず、作家への道を志し、小説の執筆に専念した。その作品のひとつに『かめれおん日記』がある。

東京の上野動物園にはじめてカメレオンがお目見得したのは、昭和十二年だそうだが、それと同じころ、中島は生徒の一人からカメレオンを譲り受ける。その生徒の叔父《おじ》が南米通いの船員で、土産にもらったのはいいけれど、飼育方法が分からず、手に余った——というのである。

中島はカメレオンを五日間、飼育した。しかし、結局はうまくいかず、友人を介して上野動物園に譲り渡すことになる。その飼育日記が『かめれおん日記』だ。

カメレオンも元気なし。鳥の止まり木にとまり、小さな眼孔からじつとこちらを見てゐる。動かず。瞑想者《めいそうしゃ》の風あり。尾の巻き方が面白い。……体色は余り変化しないやうだ。全く異つた環境に連れ込まれたために之《これ》に応ずる色素の準備がないのか？　眺めてゐるうちに……人間としては常識として通つてゐることが、一つ一つ不可思議な疑はしいことに思はれてくる。

こういう書き方で、日ごとに衰弱してゆくカメレオンのイメージにダブらせて、彼自身が、日常生活に不安と焦燥をつのらせる心理を描写している。

中島は昭和十七年に芥川《あくたがわ》賞の候補に挙げられるが、その同じ年、わずか三十四歳の若さで死んだ。

その三十四歳に、紅子は来年、なる。

そのことが紅子に特別な想いを抱かせた。ここ十何年、つっ走るようにして生きてきた自分を、ふと立ち止まり、見返る気持ちにさせた。めまぐるしく転変する周囲の状況に、賢く機敏に即応しながら、いつかおのれの実体を見失い、衰弱してゆくカメレオン――とても他人事《ひとごと》とは思えない。

紅子はF女学院の短大生だったころに、アルバイトで来ていて、そのままずっと横浜テレビに居着いてしまった。

F女学院は生徒の素行についてはかなり厳しい学校だから、時には深夜に及ぶような紅子のアルバイトは、もちろん「違反」だ。

それほど家庭の生活が逼迫《ひっぱく》していたわけでもなく、はじめは知り合いに頼まれて、ほんの一時のつもりだった。それが、いわゆる水が合うというのだろう、横浜テレビ側も重宝がるし、紅子も面白くなって、自然の成り行きのように、結局、卒業後もそのまま勤めることになってしまった。

いまでは「ハマテレの紅子」といえば、社内はもちろん、横浜ではちょっと知られた顔である。

もともと、紅子は名前で得をしている。名字の「藤本」は平凡だが、「紅子」のほうは一度で憶《おぼ》えられる。それと、顔のほうはともかく――と自分では謙遜《けんそん》している――体力には自信があって、横浜テレビの酷使政策によく耐えた。

元気と馬力が売りものの紅子である。その紅子が悄気《しょげ》た様子をしているので、スタッフは気になるらしい。

「どうしたのさ、元気ないじゃない」

ドライリハーサルが終わって、スタジオを出ようとしたとき、小林ディレクターが寄ってきて、訊《き》いた。

小林は紅子より二つ年下だが、二児の父親である。どうかすると、経験者ぶって、紅子の身の上に干渉したがる。ルックスも服装のセンスも、ダサい男の多いハマテレの中では抜群だ――。仕事熱心でいい男なのだが、唯一その部分が玉に疵《きず》だ。

「ちょっとね、カメレオンなのよ」

紅子は言った。

「カメレオンか……ふーん、そうなの……」

小林は分かったような顔をした。「どういう意味？」などと問い返さない男だ。何でも分かったような顔をする。カメレオン――赤くなったり青くなったり――という連想から、たぶん、ヒステリー症状とでも思ったのかもしれない。

そう思われても、それほど見当違いとはいえない心境ではあった。

「カメリハ、予定どおり七時からやるわよ」

紅子は言って、小林に背を向け、スタジオ内に戻りかけた。

その背中に、アシスタントの竹花幸恵《たけはなゆきえ》のキンキン声が「紅子さん、お客さんです」と呼びかけた。

「誰？」

振り返ると、廊下のはるか先、ロビーとの境目にいる、白のブルゾンを着た青年を指差して、「あの人、浅見《あさみ》さんていう、ルポライターとかいう人ですけど」と言った。

「また取材かな？」

顔をしかめながら送った視線の先で、青年は笑顔でペコリと頭を下げた。

2

「浅見光彦《みつひこ》」という、肩書の何もない名刺をもらって、紅子は戸惑った。自由業者でもないかぎり、名刺には何らかの肩書がついているものである。

いや、自由業でも、たとえば文筆家でも、「〇〇文芸協会会員」といったような肩書をつける。人間は対外的な存在感を確かめるために、自らのアイデンティティーを誇示しないと不安なのかもしれない。

「あの、ルポライターって聞いたんですけど、フリーの方ですか？」

「ええ、フリーです」

浅見は微笑を浮かべて答えた。真っ直ぐにこっちを見て喋る男だ。いくぶん鳶色《とびいろ》がかったきれいな目に出くわして、紅子のほうが思わず視線を逸《そ》らした。

話をしているあいだじゅう、ほとんど微笑を絶やさないが、ニヤけた感じはない。

「それで、どういう取材ですか？」

「『横浜のおんな　一三〇年の歴史』というタイトルで、女性に視点を置きながら、横浜の街と歴史を描くつもりです」

浅見は率直に取材目的を述べた。

「新しいタイプのキャリアウーマンと言っていい、女性プロデューサーの藤本さんに密着取材させていただければと思いまして」

「あら、私なんか、プロデューサーっていっても、こんなちっぽけな局ですもの、他人様《ひとさま》にひけらかすような、かっこいいものじゃないですよ」

「そんなことはありません」

浅見は顔から笑いを消して、言った。

「僕にとっては……というより、多くの若い女性にとって、藤本さんのような女性は尊敬に値しますよ。どういう職業であるかにかかわらず、真摯《しんし》に生きる女性はかっこいいし、勇気づけられるものです」

「真摯って……私が？　まさかァ……」

紅子は照れた。顔が赤くなるのを感じて、（あれっ？——）と思った。こんなふうに顔を赤くするような体験は、ずいぶん長いこと忘れていたような気がする。

「でも、私はともかく、この番組は女性スタッフが多いから、取材目的には合っているかもしれませんね。そういう意味でなら、どうぞご随意に取材してください」

カメリハが始まる前に、スタジオと主・副調整室を案内した。そこにいるスタッフや出演者をいちいち紹介することはしなかったが、浅見は台本と引き合わせて、ある程度の推測はつけている。分からない場合だけ、要領よく、ひとりひとりの職種を確認した。

『TVグラフィック24』はレギュラー出演者が四人。それに毎回のテーマによって変わるメンバーが二、三人。ほかに視聴者が若干名参加——といった構成だ。

浅見は一人で適当にスタジオと調整室を何度か往復して、スタッフの顔ぶれも呑み込んだらしい。

『TVグラフィック24』には、ホステス役の安原良子《やすはらよしこ》アナウンサー、レポーターの吉岡知《よしおかち》夏《なつ》、山名《やまな》めぐみ、タイムキーパーの水島奈美《みずしまなみ》、フロアディレクターの友井優子《ともいゆうこ》と、女性陣の活躍が目立つ。まさに浅見の取材目的にピッタリといってよかった。

自分に直接、関係するわけではないけれど、浅見が満足そうにしていることに、何となくほっとするものを感じ、そう感じている自分に気づいて、紅子は苦笑した。

そっちのほうはいいのだが、カメラリハーサルの予定時刻が近づいて、ちょっとした騒ぎが持ち上がった。レポーターの山名めぐみがまだ来ていないというのである。

『TVグラフィック24』は生番組である。八時ちょうどに提供テロップが入るのと同時に、タイトルバックにはスタジオ風景が映し出されることになっている。その際には、二カメと三カメが、この日の出演者の顔をナメる段取りだ。

出演者は素人の視聴者代表も含めて、原則として午後六時までにはスタジオ入りしなければならない。

もっとも、原則はあくまでも原則で、前の仕事の関係で都合が悪い者は、カメリハ間際にスタジオ入りすることもある。

しかし、山名めぐみにかぎって、いまだかつてそういう「事故」はなかった。若くて調子のよさそうなキャラクターは、あくまでも商売用のものらしく、几帳面《きちょうめん》なところがあって、どんなに遅れてもドライリハーサルにはちゃんと顔を出していた。

「どうしたの？　まさか忘れてるんじゃないでしょうねえ」

七時を過ぎると、紅子はさすがにイラついてきた。今夜の山名めぐみのレポート「赤い靴はいてた女の子を知りませんか？」のテーマはいうまでもなく、有名な童謡の「赤い靴」の連想から生まれた。

赤い靴　はいてた
女の子
異人さんに　つれられて
行っちゃった

横浜の　埠頭《はとば》から
船に乗って
異人さんに　つれられて
行っちゃった

「ねえねえ、その子、どこへ行っちゃったのかしら？」

山名めぐみが、小林ディレクターにそう訊いたのが、この企画のそもそものきっかけになった。

「赤い靴はいてた女の子が、その後どうなったか知りませんか？」という質問をしながら、横浜の街に住む市民や、そこに息づいている、新しい横浜の生活や文化みたいなものを訪ね歩くのが企画意図である。

山名めぐみは、もともと自分の気紛れな好奇心から発した企画だけに、これまでにも増して熱心に仕事に取り組んでいた。だから、今日のこの時間を忘れたり、すっぽかしたりするはずはないのだ。

七時半を過ぎて、スタッフは慌てだした。これはもう、ただごととは思えない。交通事故か何か、とにかく連絡さえ不可能な突発事故が、彼女の身に振りかかったとしか考えられない。

めぐみの自宅には、もちろん何度も電話をかけている。応対はまったくなかった。

彼女が独り暮らしであるのが、こういう場合には具合が悪い。事態を確認しようにも、手立てがないのだ。家を出ているのか、病気なのか、いろいろな状況を想定しても意味がなかった。

いや、そういう斟酌《しんしゃく》どころではなくなってきた。目前に迫った番組進行の方策を講じなければならないのだ。

さいわい、山名めぐみのリポートした内容は、ビデオに録《と》ってある。番組の中では、そのビデオを見ながら、めぐみが適宜、アドリブを混ぜながら、ナレーションを入れてゆくといったものになるはずであった。

その進行役を、急遽《きゅうきょ》、安原良子が引き受けることになった。良子は開局以来の局アナだが、原稿の棒読みだけでなく、スポーツ実況などで鍛えただけに、アドリブがきく。

「大丈夫よ」

心配する紅子プロデューサーに、良子は気軽に言って、ともかくスタジオは臨戦態勢に入った。

番組の総合司会役は宮田直介《みやたなおすけ》という男が務める。宮田は祖父のときから三代にわたって、伊勢佐木町《いせざきちょう》に事務所をもつ弁護士である。むろん、放送に関してはアマチュアだが、ちょっとしたタレント顔負けの名司会ぶりを披露する。

宮田は五十代なかば、この年代にしては大柄で、マスクもプロポーションもすこぶるいい。銀髪に縁なし眼鏡――という宮田の顔は、横浜では文字どおり、ちょっとした「顔」であった。

午後八時、オープニングを告げるテーマ音楽をバックに提供タイトルが入る。カメラはいつもの顔ぶれを映し出す。その中に山名めぐみはいないけれど、視聴者はべつに異変があるとは感じないだろう。

「こんばんは、宮田直介です」

「こんばんは、安原良子です」

「今夜も九時半まで一時間半、たっぷりお楽しみください」

ナレーションもいつもどおり、にこやかな二人の様子もいつもどおりだ。

副調整室の壁面に、いくつも並んだモニターを眺めながら、（あの二人なら、山名めぐみの穴もなんとかうまく処理してくれるだろう——）と、紅子はひとまずほっとした。

何気なく振り返ると、浅見の目とまともに視線がぶつかった。浅見は、ドタバタした事情を知っているらしく、気掛かりな目の色であった。紅子はそれに応えるように、ニッコリ微笑んで、軽く頭を下げた。

番組は無事に進行しつつあった。「いきいきタウン情報」のコーナーでは、三渓園《さんけいえん》商店街のレポートで、これは吉岡知夏の担当だ。知夏は目玉が大きく、キンキン声で喋《しゃべ》るのが特徴で、どちらかといえば若い男性に人気がある。

それとは対照的に、山名めぐみは少し女っぽい「夢見る乙女」的な優しさを感じさせる女のコで、ロートルの紳士向き——といったところだろうか。

「中華街食べ歩き」というコーナーが終わり、CMを挿《はさ》んでいよいよ「赤い靴……」のコーナーである。

ビデオの最初は山下公園から始まった。山下公園には「赤い靴はいてた女の子像」がある。等身大よりは少し小さめの像で、少女が海のほうを向いて座り、俯《うつむ》いている。歌の内容を想わせるような、どこか寂しげな像である。

「この子はこうして、何を考えているんでしょうかねえ」

少女像に寄り添って、山名めぐみはしんみりした口調で言った。

「私は、子供のころ、母親と一緒にここに来るたびに、この女の子はいったい、どこへ連れて行かれたのかなあーって、そう思ったものです」

そういう思いつきから、少女の行方を尋ね歩いてみよう——という主題へと、ナレーションは移ってゆく。

そして山名めぐみは、自分も赤い靴をはき、ツバの広い、紺色のフェルト帽子をかぶって、街を歩き始める。

「赤い靴はいてた——の歌を知ってますか?」

横浜のあちこちの街頭で出会った人に、そう質問して、つづけて、「あの女の子、どこへ行ったか知りませんか?」と訊《き》くのである。

最初はマイクを隠して、胸元の小さなワイヤレスマイクで喋るから、訊かれたほうはテレビのインタビューだと気づかない。

ちょっと戸惑い、それから一様に「ああ、あの女の子ねえ……」と、懐かしそうに遠くを見る目になる。

その反応の似通っていることときたら、まったく驚くべきものがあった。少なくとも、横浜に住む人々の胸の奥には、「赤い靴はいてた女の子」の記憶が、ひっそりと眠っていることを想わせる。

ヨコハマの波止場から、異人さんに連れられて、どこへ行ったのだろう——という、幼い日に思い描いた疑問は、ほとんどの人に共通のものであることを知って、スタッフも出演者も、あらためて驚き、考えさせられるものがあったのである。

ところで、女の子が連れて行かれた先については、七十パーセント以上の人が、迷うことなく「アメリカ」と答えたことも、興味ある結果であった。第二位がフランスで、これはフランス人形のイメージから来ているのかもしれない。第三位はイギリス。あとはバラバラで、厳密にいうと、第四位は「分からない」であった。

山名めぐみ自身も「分からない」のクチであった。「あの子の行く先は、永久に分からないままのほうがいいの」と、妙にしんみりした顔で述懐していた。

ビデオの中の自分の言葉を、山名めぐみがスタジオで受けて、何かひと言彼女の言葉で締め括《くく》り、このコーナーを終えるという台本だった。

山名めぐみの代わりに、安原良子が要領よくまとめを言って、大過なく、番組はエンディングに入った。

来週の予告が入り、「ではまた来週、お会いしましょう。お休みなさい」でエンディングの音楽が流れ、提供タイトルが入る。

「お疲れさまでした」

小林のひと言に、スタジオから、調整室から、「お疲れさま」の声が飛び交う。とたんに紅子はどっと疲れが出て、椅子の上でへたりこんだ。

「いやあ、参った参った。安原さんも大変だったねえ」

スタジオでは、宮田弁護士が良子を慰めている。

「ええ、二カ所もトチっちゃったりして、ごめんなさい」

良子も消耗した顔で、肩を落とした。

「彼女、どうしちゃったのかなあ」

紅子はふと忘れていたことを思い出したように、山名めぐみの身の上が気になった。

「まったく、どうしたんだろう？」

小林も不安そうに呟《つぶや》いた。

「こりゃ、ただごとじゃないぜ」

調整室にいる連中は、誰しもが黙りこくって、そのことを考えているのが分かった。

「警察、連絡したほうがいいのかしら？」

紅子は思いきって言った。

「警察？　ヤバイなあ」

小林は渋っている。

「だけど、コバさんもただごとじゃないって思うわけでしょう？　だったら……」

「だけどさあ、まだちょっと早いんじゃないの」

そのとき、ドアの脇から浅見の顔が覗《のぞ》いた。「どうもありがとうございました」と言っている。

「あら……」

そのときまで、紅子は浅見の存在を失念していた。「まだいたの？」と言いかけて、慌てて「もういいんですか？」と言って、立ち上がった。

「ええ、大いに参考になりました。いい取材ができました」

「そうですか、何だかガタガタしちゃって、おかしかったんじゃありません？」

ドアを出て、エレベーターのところまで送りながら、紅子は面目なさそうに言った。

「ああ、何か、出演者の人が一人、見えなかったようですね」

「やっぱり、分かりました？　一人ね、山名めぐみっていうレポーターのコが来なかったもんで、慌てちゃったんです。いつもはもう少しましなんだけど」

「いえ、ちゃんとしてましたよ。山名めぐみさんの欠けたアナを、ええと、安原良子さんでしたか、あの方がうまく補っていましたしね」

「ええ、彼女はベテランだから、なんとか誤魔化してくれたけど、めぐみだと、もっと沸かせるんですよね」

「そうですか……こういうこと、よくあるのですか？」

「アナを開けることですか？　まさか、こんなことがしょっちゅうあったら、死んじゃいますよ。十何年もやってるけど、これで三度か四度じゃないかしら」

「しかし、山名めぐみさんはどうしたのですか？」

「それが分からないんですよね。何も連絡がないし、事故にでも遭ったんじゃないかって、心配しているところです」

エレベーターのドアが開いた。浅見は山名めぐみの「事故」のことについて、まだ興味がありそうだったが、エレベーターに入って頭を下げた。

「また何かありましたら、いつでもいらしてください」

紅子も、何かしら心残りを感じながら、お辞儀を返した。

3

番組が終わると、時折り、反省会と称して、主だったスタッフと出演者が、連れ立って夜の街に繰り出す。今夜は別の意味でそういうことになった。

とにかく、山名めぐみの問題をどうするかが、重苦しいテーマであった。

いつも行く、フランス坂の『望郷亭《ぼうきようてい》』に腰を落ち着けて、スパゲティーやらサンドイッチやらの軽い食事と、ビール、コーヒーなどを思い思いに注文する。

フランス坂というのは、元町《もとまち》のいちばん南の外れにある坂道で、昔、ここにフランス領事館があったときに、この名前がついたのだそうだ。

「やっぱり、メグの家に行ってみたほうがいいんじゃない?」

紅子は言った。

「しかし、いないことは確かなんだから」

小林ディレクターは、消極的な口ぶりだ。

「病気かもしれないし」

「病気だって、電話ぐらいできるだろう」

それはそのとおりだ。紅子はいちど、山名めぐみの家に立ち寄ったことがあるけれど、六角橋《ろっかくばし》のマンションで、1LDKか何か、そう広い部屋ではなかった。

ベッドの脇に電話があって、寝たままでも受話器に手が届く。

「昨日はピンピンしてたしなあ」

「だからかえっておかしいんじゃないの」

「そうかなあ」

それまで黙って二人のやりとりを聞いていた宮田弁護士が、憂鬱《ゆううつ》そうに「一応、警察に届けたほうがいいな」と言った。

「こういう消え方は、尋常じゃないと思う。彼女の部屋を調べるにしても、警察にやってもらうしかないわけだしね」

宮田が言うと、最後通牒《つうちょう》のような重みがある。小林ももう異論を挟む余地がなかった。

念のため、もう一度だけ電話を入れてみて、やはり出ないことを確認してから、スタッフを代表する形で、小林と紅子、それにアシスタントディレクターの戸村武彦《とむらたけひこ》の三人が六角橋へ向かうことになった。二人にしてみれば宮田にも――と思ったのだが、宮田は公判の下調べがあるということで、所轄署に電話して、刑事課長を紹介すると、ひと足先に帰っていった。

所轄の神奈川警察署に寄って、刑事と一緒にマンションを訪ねたのは、もう真夜中になってからであった。マンションの管理人は眠そうな顔で起きてきて、「明日にしてくださいよ」と言った。

「第一、ここは分譲マンションですからね、どういう事情があるにしても、居住者に無断で部屋に入るなんて、できるはずがないでしょうが」

「中で山名さんが死んでいてもですか?」

刑事は厭味《いやみ》を言った。

「えっ? まさか……」

管理人は震え上がった。

「どうしてです? 何かそういう連絡でもあったのですか?」

「いや、連絡があればいいのですがね、それがないから心配なのです。心臓発作か何かで急死したのかもしれない」

「ほんとですか?」

管理人はパジャマの上にコートを着て、先頭に立ってめぐみの部屋へ急いだ。住人に変死者が出たりしては、マンション全体の資産価値が下がる。冗談じゃない――という気になっている。

山名めぐみの部屋は、窓も真っ暗だし、チャイムを鳴らしても応答はない。いよいよ不吉な予感が深まった。

管理人は観念したように鍵《キー》を使い、ドアを開けた。

真っ先に紅子が入ろうとするのを、刑事が腕を摑《つか》んで制止した。鼻を蠢《うごめ》かして、室内の空気の臭いを嗅《か》いでいるような恰好《かっこう》をしてから、用心深く玄関に入った。

玄関には紅子たちが見慣れた、山名めぐみの赤いパンプスが、こっち向きにきちんと揃えて置かれていた。

「おたくたちは、ここにいてください」

刑事は靴を脱ぎ、スリッパを履いて奥へ進んだ。

玄関とリビングを隔てるクリーム色の可愛らしいドアがある。小さい割りにはしっかりできたマンションだ。「このドア、いいでしょう」と、めぐみが自慢そうに言っていたのを、紅子はふと思い出した。

そのドアを開けて、中を覗き込んだ瞬間、刑事の動きが止まった。

チラッと後ろに視線を送ってから、ドアの向こうに消えた。何か意味ありげで、取り残された連中を不安にした。

刑事はすぐに戻ってきた。唇を引き締め、怖い目をして、「死んでます」と言った。

「死んでるって……あの、めぐみが？」

紅子は詰問するような口調で言った。

「たぶんそうだと思いますね。誰か確認してください」

紅子は反射的に小林を見返った。小林はスッと尻込《しりご》みして、忙しく首を横に振った。戸村にいたっては、まるで幼児のように泣きそうな顔をしている。男どもはまったく臆病《おくびょう》で、こういう場合には頼りにならない。

「私が見ます」

紅子は気丈にそう言ったが、声が震えた。

「じゃあ、注意して。足跡を残さないようにね」

刑事は紅子のためにスリッパを揃えた。

「あの……まさか、殺されたわけじゃ？」

刑事の様子に怯《おび》えて、紅子は訊《き》いた。

「いや、それはまだ分からないが、とにかく気をつけて」

刑事は無表情に言った。

山名めぐみはリビングのソファーに、まるで酔っぱらって、だらしなくつんのめったようにして死んでいた。

服装はロングのワンピース——というより、そのまま寝間着にしてもいいような、袖口《そでぐち》も裾《すそ》もユルユルな感じのものだった。白地に赤い不規則模様を散らしたのが、まるで血痕《けっこん》が点々としているように見えた。

顔は苦しそうに横に捩《ね》じ曲げられた恰好で、歪《ゆが》んだ唇から舌がはみ出し、白眼がドアを睨《にら》んでいる。

紅子は怯《ひる》んで、思わず悲鳴を上げそうになった。

「めぐみ……」

言ったきり、ドアのところで、体が硬直して、動けなくなった。

「じゃあ、山名めぐみさんに間違いないのですね？」

刑事は事務的に訊いて、ポケットから汚れたハンカチを出すと、テーブルの上の電話から受話器を取り上げ、プッシュボタンを忙しく叩《たた》いた。

それからの数時間、紅子には気が遠くなるほど長く感じ、そのくせ、何があったのか、あとでは思い出せないにちがいない——と思えるほど無我夢中のうちに過ぎていった。


山名めぐみの死は他殺と断定され、夜明けとともに神奈川署内に捜査本部が設置された。

解剖の結果、死因は絞殺による窒息死であった。死亡時刻は本日の未明——午前一時から二時のあいだ——と推定された。

昨夜は横浜テレビで『TVグラフィック24』の打ち合わせとビデオ編集があって、山名めぐみは午後十一時過ぎに局を出ている。カメラマンの前島《まえじま》とアシスタントディレクターの戸村とがタクシーに同乗して、めぐみだけが、六角橋のマンション近くで降りた。

帰宅したのは十一時半ごろのはずだが、マンションの管理人も隣室の住人も、すでに眠っていて、山名めぐみが帰宅した物音は聞いていないそうだ。

ミナトヨコハマ――というと、なんとなく六本木《ろっぽんぎ》のように深夜営業の店が多くて、不夜城のごとき都市――といったイメージがあるけれど、実際には横浜の夜は早い。一部の店を除けば、午後九時を過ぎるとひっそりとしたものなのだ。まして六角橋あたりの住宅街となると、人通りはもちろん、車の往来も途絶えてしまう。

マンションに、ほとんど毎夜のように遅く帰って来るのは、山名めぐみぐらいなものだったそうだ。めぐみは近所に気を遣って、足音を忍ばせて部屋に入っていたらしい。

「ほんとにいい人でしたよ」と、隣人たちは証言していた。

しかし、その夜、めぐみには男の客があったらしい。テーブルの上には、二人が差し向かいでビールを飲んだと思われる跡があり、寝室にも痕跡が歴然と残っていた。

めぐみの服装や、室内に争ったような形跡があまり見られないことから推測して、犯人は彼女と顔見知りの人物である可能性が強い。警察はまず、その夜の訪問客である男の洗い出しにかかった。

第二章　元町望郷亭

1

浅見の横浜取材は雑誌『旅と歴史』の仕事であった。横浜開港の百三十年を記念する特集記事を、十ページにわたって組む――というのが藤田《ふじた》編集長の企画意図だ。題して「横浜のおんな　一三〇年の歴史」――藤田のことだから、ラシャメン以来、港町独特のエキゾチシズムとともに生きてきた、横浜の女性たちの歴史を、多少、いかがわしい興味をそそるような内容に仕立てたいにちがいない。

「このところ、雑誌の売れ行きが落ち目なんだよねえ。だからさ……」

上目遣いにそう言っていた。

そんな邪心はともかく、浅見としては横浜にテーマを求めた企画そのものは、それなりにやり甲斐《がい》があると思った。

いま、若い人のあいだでは、車のナンバーでもっとも人気があるのが「横浜」ナンバーなのだそうだ。第二位が「品川」、三、四がなくて、第五位が「多摩《たま》」ナンバーだとか聞いた。

そんなことがなくても、「横浜」という語感には誰しもが、そこはかとない、淡いノスタルジーのようなものを持っている。まだ行ったことのない者の胸にも、それぞれが想い描くイメージがある。

浅見も横浜が好きだ。学生時代、山下公園にひとり佇《たたず》んで、ぼんやり海を眺めては、失ってもいない恋の痛手を感じたりした。

というわけで、藤田からの依頼があったとき、浅見は二つ返事で引き受けた。三日間の取材と三十枚の原稿で三十万円という条件も、まあまあであった。

横浜テレビは、現代のハマっ子女性が活躍する、新しい「風景」の一つとして取材したものである。藤田編集長の希望は、たぶん、外国航路の船員が屯《たむろ》する安バーだとか、麻薬の密売でもありそうないかがわしいクラブをうろつく女性なんかも入っているのだろうけれど、浅見はそういう場所には絶対に近づかない。そういう体質なのである。

それを知ってか知らずか、「横浜の雰囲気にどっぷり浸《つ》かってみてよ」と、ドケチの藤田編集長にしては珍しく、二泊分のホテル代を出してくれた。

「横浜に泊まるのなら、なんたってホテルニューパレスだよ」

藤田が言うままに、浅見はホテルニューパレスを予約した。藤田は何でも知ったかぶりをする男で、それを信じるのは危険だと承知はしているのだが、ついつい引っ掛かる。

チェックインが夕方で、すぐに部屋を出て横浜テレビへ向かってしまったから、そのときには気づかなかったのだが、ホテルニューパレスはたしかに歴史と由緒には恵まれていそうだ。

藤田の解説によると、なんでも創業六十年を越えたのだそうだ。つまり、人間でいえば還暦である。定年退職して、悠々自適の毎日を送っていてもおかしくはない。

廊下で擦れ違った中年女性が、連れの女性に「うちのお祖父《じい》ちゃまがね、昭和五年に泊まったって言ってましたの」と喋《しゃべ》っているのを小耳に挟んだ。

横浜テレビの取材を終えて引き揚げて、部屋に戻ると、その歴史と由緒の重みをつくづく感じさせられた。

まず部屋が暗くて狭い。ビジネスホテルなみの圧迫感を伴っている。

致命的なのはバスルームであった。洗面台の蛇口が水と湯と二つに分かれている。いまどき、どこのホテルでも、コックは水と湯とに分かれていても、蛇口は一本にまとまっていて、温度調節が容易にできる仕組みになっているのがふつうだ。

ここのは分かれたままである。したがってちょうど頃合いの湯を使うためには、洗面台の中に溜《た》めるほかはない。

そういう旧式は、洗面台にかぎったことではない。バスタブも、部屋のデスクも、用を足せればいい——という、およそ索漠としたものだ。

戦後間もなくならともかく、いまの時代にこういうインテリアが生きているとは、驚くべき奇跡だ。おまけに、旅のガイドブックなどで、「泊まるならホテルニューパレス」ふうに紹介記事を書いているのはどうかと思う。

客は博物館を見学に来たわけではないのだ。ホテル業を営む以上、客に対してできるだけの快適さをサービスするように心掛けるべきであって、歴史だの由緒だのを押し付けて、これこそホテルの神髄――みたいな得意顔をしていていいはずはないのである。建物そのものの歴史や由緒を大事にしたいのはいいとしても、せめて客室のインテリアや調度品類には、お客が満足できる快適さをサービスするような配慮が必要だ。

朝、目覚めて覗《のぞ》いたら、窓は中庭に面していて、期待していた港の眺望どころではなかった。

その中庭も、ただひたすらに古いだけで、緑のかけらすらない寒々とした風景だ。

窓が小さくてよく見えないが、たぶんコンクリートで固めたような庭らしい。正面に見えるのは本館の壁と陰気臭い窓の行列だけで、気分はますます滅入るばかりであった。

歯を磨きながら、テレビのスイッチを入れると、ニュースをやっていた。去年の夏ごろから、政財界のトップを巻き込んだ汚職事件が発生していて、このところ毎日のように、そのニュースを報じている。

相変わらず――という気もしないでもないが、この種のニュースは、けっこう面白い。政治家の嘘が次々にバレてゆき、それをまた何のかのと言い逃れようとする、その追い掛けっこが、なかなかの見物だ。

そのニュースが一段落して、アナウンサーが「次のニュース」と言った。浅見は口を漱《すす》ごうと、バスルームへ戻りかけた。

テレビは、「昨夜遅く、横浜テレビの専属タレントが、自宅で殺されているのが発見されました」と言った。

浅見はギクリとして、足を停めた。

「……山名さんが出演予定の番組を無断で休んだので、不審に思った同テレビ局のスタッフが、山名さんの自宅を訪ねたところ、山名さんは何者かによって殺害されていたというものです。所轄の神奈川警察署と神奈川県警は、同署内に捜査本部を置いて、ただちに捜査を始めました」

浅見は口から歯磨きの白いよだれが落ちるのも気づかず、しばらく立ち竦《すく》んでいた。

テレビのニュースが終わり、ドラマが始まって、ようやく我に返り、慌てて洗面台に向かった。

昨夜の横浜テレビのドタバタした様子は、気にはなっていたが、こういう形に発展するとは、思ってもみなかった。

（いまごろ、テレビ局はさぞかし大騒ぎだろうな――）

浅見は藤本紅子女史の沈鬱《ちんうつ》な表情を思い浮かべ、なんとかしてあげたいという衝動にかられた。

一階のコーヒーショップに下りて、コーヒーとトーストだけの朝食をとった。フロントの前を通るとき、目つきの鋭い男が二人、フロント係を相手に話し込んでいた。まだチェックアウトのラッシュ時間には間があるのか、フロントは空《す》いていた。

「そのとき、不審な印象は感じなかったのかね？」

そう言っているのが聞こえた。案の定、刑事らしい——ということは、このホテルもあの事件に絡んでいるのだろうか？

浅見はもう少し話の内容が聞こえるようにと近づいたが、それに気づいて、刑事はジロリとこっちを睨《にら》んだきり、質問を中断してしまった。

部屋に戻ると、掃除のおばさんが部屋に入っていた。

「あ、申し訳ありません。お出掛けになったと思いまして」

すでにバスルームの清掃を始めていたのだが、おばさんは慌てて部屋を出かかった。

「いや、いいんですよ。僕はお茶でも飲んできます。それより、あの事件にこのホテルも何か関係あったのですか？」

浅見はこれ幸いとばかり訊《き》いた。

「ええ、亡くなった人は、四階のお部屋に泊まられたお客さまだったのですよ」

「えっ？　四階に……というと、このフロアじゃないですか」

浅見は面食らった。

「ええ、426号室……一つ置いた隣りの部屋にお泊まりになったのです」

「泊まったって……それ、いつのことですか？」

「ですから、亡くなった日です」

「じゃあ、昨日ですか？」

「いいえ、十三日ですよ」

「十三日？……」

浅見はようやく、おばさんとの話の食い違いに気がついた。

「ええと、そのお客さんは女の人でしたっけか？」

「いいえ、男の方です」

「あ、そうそう、そうでしたね。で、おばさんはその人のこと、知っているのですか？」

「いいえ、存じませんよ。でも、亡くなられた日に、たまたまお部屋のお掃除をいたしました。それでもって、刑事さんにいろいろ訊かれて……」

「えっ？　じゃあ、死体を見たのですか？」

「見ませんよ、いやですわねえ……」

おばさんは呆《あき》れたように言って、肩をすぼめた。

「しかし、亡くなった日にお掃除をしたって、言いませんでしたか？」

「あら……」

今度はおばさんがようやく気づいた。

「お客さん、勘違いなさっていらっしゃるのですね。そのお客さんが亡くなられたのは、ぜんぜん別の場所——金沢八景の、何とかいう山の上だそうですよ」

「あ、そうなのか……え？　だったら、警察は何だって、おばさんに事情聴取なんかしたのだろう？」

「それはあれでしょう。前の晩、泊まられることになっていたのですもの、何か荷物だとか、そういうものが置いてなかったかって、そう思ったのじゃありませんか？」

「じゃあ、いったんチェックインして、それからまた出掛けて、そして死んでしまったというわけですね？」

「そうですよ」

「なるほど……で、遺留品は何かあったのですか？」

「何もありませんでしたよ。ゴム紐《ひも》が一本、落ちていただけです」

「ゴム紐……パンツの紐みたいな、あれですか？」

「いえ、そうじゃなくて、輪ゴムの大きいのみたいな、生ゴムっていうのかしら、ああいうのです」

おばさんは両手を使って、大きな丸を描いてみせた。

「ふーん……そんなに大きなものですか。何に使う輪ゴムですかね？」

「さあ……刑事さんも首をひねって、結局、分からなかったみたいですよ。でも、あのお客さんが来る前には、あの部屋になかったはずなんですよね」

「ほうっ……」

浅見は思わず、まじまじとおばさんの顔を見つめてしまった。

「つまり、そのお客さんが持ち込んだというわけですか？」

「そうじゃないかしら？　だって、それ以外には考えられませんもの」

「なるほど……それで、警察は何て言ってました？」

「べつに……何だろうな、とか……分からないみたいでしたよ」

「その輪ゴムは、警察に行けば見られるのですね？」

「いいえ、私のところにありますよ」

「えっ？　警察は持っていかなかったのですか？」

「ええ……だって、ただのつまらない、輪ゴムのお化けみたいなやつですもの」

「そうですか……しかし、そのつまらない輪ゴム、見せてもらいたいな。だめですか？」

浅見は少年のような好奇心を示して、おばさんの顔を見つめた。

「そんなこと、お安いご用ですよ。ちょっと待っていてください」

おばさんは部屋を出て行って、すぐに戻った。ゴム紐をぶら下げている。

「なるほど、これですか……たしかに輪ゴムのお化けですねえ。いや、ミミズのお化けのような感じだな。いったい、これは何なのですかね？　それに警察はどうしてこれを押収しなかったのかなあ？……」

浅見の疑問に、おばさんは明快に答えた。

「そりゃあ、あれじゃないですか？　こんなもの、事件には関係がないからじゃありませんか？」

「なるほど」と浅見は頷《うなず》いた。要するにそういうことなのだろう。警察は、この得体の知れない輪ゴムのお化けが、ひょっとすると事件と関係があるかもしれない——などとは、考えてみようともしないにちがいない。

2

その事件のことを詳しく知るにつれて、浅見にも警察がゴム紐を無視した理由が納得できた。

何といっても、男——浜路恵一が死んでいたのは、ホテルから二十キロも離れた金沢八景の山のてっぺんなのだ。

ゴム紐が事件にも、被害者にも関係がないと考えるのは、むしろ当然といえる。

「前の日のお客さんが忘れて行ったのだろうって、刑事さんはそう言うんですよ。バカにしてますよねえ、お掃除のときに、そんなものがあったら、見逃すはずがないのに」と、おばさんはしきりに憤慨していたが、警察がそう考えるのも無理がないかもしれない。

しかし、もしおばさんの言うとおり、浜路恵一の「忘れ物」だとしたら——と浅見は素朴な疑問を抱いた。

(あれはいったい、何だったのか?——)

たとえ事件には関係がないとしても、浜路は何の目的で、ああいうケッタイなゴム紐を持っていたのだろう?

家族か会社の人間か、誰かがそのことを知っているのだろうか?

取るに足らない、つまらないことかもしれない。しかし、浅見の場合、いったん気になりだすと、その疑問はどんどん膨らんでくる性癖がある。

この日は元町で店を出している二人の女性オーナーにインタビューすることになっていた。

元町は、やはり横浜を代表する街の顔といっていいだろう。位置的には、横浜の市街地の南端といってもいいような場所だし、横浜駅からはかなり遠い。それだけに、生粋《きっすい》のハマっ子だけによって育てられた、横浜らしさの溢《あふ》れる街である。

エキゾチックな店構えや看板、ヨコハマトラディショナルと呼ばれる、個性的で洗練されたファッション——それが街全体のイメージとして統一されている。

浅見がはじめに訪ねたのは、銀食器の店「シルバー　オノウエ」のオーナー・尾上華子《おのうえはなこ》。彼女は名前から受ける印象どおりの、美しいマダムであった。

「うちは、母親のときから女性オーナーですのよ」

四十歳代後半だろうか。顔も体型も細めで、いくぶん青みがかった黒のスーツに、パールのネックレスがよく似合う。

「銀はね、流行を追うよりも、伝統を重んじますでしょう。しっとりとした、銀独特の肌艶《はだつや》を生かして、それを新しいセンスの細工でさらに磨き上げる……大量生産のきかない、手作りのよさこそが本物のよさだと信じていますの」

やわらかな口調で、のたまう。

浅見は店内のきらびやかな銀食器に圧倒されっぱなしで、「はあ、はあ」と相槌《あいづち》を打つしか能がなかった。

その次がカバンの「キタガワ」。浅見自身はこういうものにまるで知識がないが、「K」のブランドで有名なのだそうだ。兄嫁に「キタガワ」の話をしたら、「あら、キタガワってKマークのキタガワでしょう？ そうなの、キタガワへいらっしゃるの？ いいわねえ」と、意味ありげな視線を義弟に向けた。浅見は急いで、何がいいのか分からないふりを装った。

もっとも、Kバッグの知識があったとしても、その知識を生かすべきものが、浅見の懐ろにはない。

社長の北川智恵子《きたがわちえこ》女史は尾上華子女史とよく似た雰囲気のマダムであった。首が長く、背筋がスキッと伸びて、色をふんだんに使った、大きな花柄のドレスをさりげなく着こなしている。「マダム」という称号の似合う女性というのは、現実にいるものだな——と、浅見は妙なところに感心した。

二人の「マダム」といい、ハマテレの紅子女史といい、男勝りの女性にばかり会ったせいか、浅見はいささか毒気に当てられたような気分だった。

ブラブラ歩きして、元町商店街を抜けたところで、港の見える丘公園を示す行き先標示を見つけた。浅見は地図を見ないで歩く悪い癖がある。迷いだすと際限なく迷うけれど、こんなふうに思いがけない道や街に出合ったりして、ちょっとしたミステリアスな気分を楽しめることもある。

標示に従って坂道を登ってゆくと、路地を入ったところに小さな店があった。西洋料理の店らしいが、切り子ガラスの嵌《は》まった窓が可愛い。

『望郷亭』という、なにやらフランス映画風の名前に惹《ひ》かれてドアを入った。

テーブルが四つ、ほかにはカウンターがあるだけという、小ぢんまりとした店だ。昼の食事どきを少し過ぎようかという時間であったが、テーブルは満席で、カウンターの丸い木の椅子が二つだけ、空いていた。

「こちらでよろしいですか？」

マスターらしい恰幅《かっぷく》のいい男が、申し訳なさそうにその椅子を示した。

浅見が「いいですよ」と頷《うなず》いて、スパゲティーを注文したとき、背後から「あらっ」と声が上がった。

振り向くと、藤本紅子が目を見開いて、こっちを見ていた。白地に黒いストライプのパンツスーツがまぶしいくらいに印象的だ。

「あ、昨日はどうも……」

浅見は思わず笑顔を見せてから、慌てて顔の筋肉を引き締めた。

「どうも、ニュースで知りましたが、大変なことになっているみたいですね」

二歩三歩、紅子のほうに歩み寄りながら、浅見は頭を低くした。

「どうも……」

紅子も立ち上がって、頭を下げた。彼女のいる丸テーブルには『TVグラフィック24』のスタッフ――小林ディレクターとタイムキーパーの水島奈美、それにキャスター役の宮田弁護士がいたが、いずれも座ったままながら、小さくお辞儀をした。

「それで、事件のほうは、その後、何か進展があったのでしょうか？」

浅見は一つ余っている椅子に腰をかけて、訊《き》いた。招かれざる客かな――という気もしないではなかったが、好奇心には勝てない。

案の定、四人は当惑げな顔を見交わした。

「失礼だが……」

宮田が固い表情で言った。

「あなたは、どういう？……」

「浅見といいます、フリーのルポライターをやっている者です」

浅見は名刺を出した。紅子が「うちの番組を取材にみえた方です」と補足説明をしてくれた。実際は紅子本人を取材したのだが、その辺は彼女の奥床しさだろう。

「ああ、それで昨日――」

宮田は納得した。

「宮田先生は、警察の情報に通じていらっしゃるのではありませんか？」

浅見は訊いた。

「多少は……ですが、しかし、大したものではありません」

宮田は用心深く答えた。

「テレビではっきりしたことを言わなかったのですが、山名めぐみさんの死因は何だったのですか？」

「絞殺です」

「ほう……」

浅見は眉《まゆ》をひそめた。

「確か現場は山名さんの自宅マンションでしたね。だとすると、顔見知りの犯行という可能性が強いのですか？」

「いや、警察はそうは言っておりません」

「しかし、山名めぐみさんという人は、独り住まいのタレントさんでしょう？　知らない訪問者に対して、そう不用意にドアを開けたりしますかねえ？」

「ん？」と、宮田は警戒する目で浅見をチラッと見た。

「そうだわ」と、紅子は浅見の意見に同意した。

「メグは、あんなふうでいて、結構、用心深い性格なんですよね。細かいことにも気がつくし……訪問者があれば、マジックアイで確かめるし、ドアを開けるときもチェーンをしたままだって、そう言ってました」

「しかし、うっかりしたってこともあるのじゃないかな」

宮田は難しい顔をした。

「それは確かに、絶対にないとは言い切れませんが、そのうっかりが、たまたまそのとき——というふうにも考えにくいですよね。チェーンのかけ忘れはあったとしても、夜中の訪問者に対して、マジックアイも覗《のぞ》かずに、いきなりドアを開けるようなうっかりは、まずないと思うのですが」

浅見が一気に、まくし立てるように言うと、宮田をはじめ、四人はあっけに取られたように浅見の口元を見つめた。

「あの、浅見さんは、警察に取材に行ったのですか？」

紅子が少し上目遣いに訊いた。

「いいえ、どうしてですか？」

浅見は少年のような、キョトンとした目になった。

「ずいぶん詳しいみたいですから」

「詳しくなんかありません。さっき言ったように、テレビのニュースを見ただけなんですから。もし警察と同じくらい、詳しく知っていれば、もう少し犯人像に迫ることができると思うのですけどねえ」

残念そうに首を振るのを見て、紅子の唇の端に笑いが浮かんだ。

スパゲティーが運ばれてきて、浅見は粉チーズをたっぷりかけ、タバスコをかけ、幸せそうにフォークを突き立てた。残りの四人は、飲み物も食べ物もとっくになくなっていて、闖入者《ちんにゅうしゃ》の健啖《けんたん》ぶりを、茫然《ぼうぜん》と眺めた。

「そうだ、みなさんは警察の事情聴取を受けられたのでしょう？」

浅見はフォークの動きを止めて、訊いた。

「どうでした、警察も顔見知りの犯行と断定していたのじゃありませんか？」

「いや、そういうことは言ってなかったですなあ」

宮田は首を横に振り、ほかの連中も同様の反応を示した。

「そうなんですか……だとすると、警察はみなさんの中に犯人がいることを、疑っているのかもしれませんね」

「まさか……ほんとですか、先生？」

紅子が薄気味悪そうに、宮田の顔を見た。

「ああ、それは浅見さんの言うとおりかもしれない。その可能性は否定できないね」

宮田は苦笑しながら、言った。

「それで、どうなんですか？　思い当たるような事実がありましたか？」

浅見は四人に向けて、等分に訊いた。

「事実っていいますと？……」

紅子が問い返した。

「つまり、山名さんを殺しそうな人物が、みなさんの中にいるかどうか——ということです」

「そんなの……」

紅子は呆《あき》れて、絶句した。

「いるわけがない」

そのあとを受けて、宮田は不愉快そうに言った。

「あ、失礼。みなさんと言ったのは、ここにいらっしゃる四人の方という意味ではないのですが」

「それは分かってますよ。要するに、浅見さんはわれわれの番組の関係者の中に——と言いたいのでしょうが、同じことです。『TVグラフィック24』の関係者の中には、そういう人物はおりません」

「はあ……」

浅見は宮田の一文字に結んだ唇を、しばらく見つめてから、思い出したように、スパゲティーの残りをフォークに巻き取った。

「山名めぐみさんは二十五歳でしたね。そうすると、恋人、ボーイフレンド……いずれにしても、容疑の対象者の範囲はそんなに広くはないでしょうね。警察にとっては比較的、楽な事件かもしれません。動機と、あとはアリバイ関係がはっきりすれば、逮捕は時間の問題かな……」

スパゲティーの最後の一本が口の中に消えた瞬間、小林ディレクターの視線が、微妙に揺れたのを、浅見は見逃さなかった。

重苦しい沈黙の時が流れた。

一時半が過ぎて、店の中は、このテーブルの五人を除くとガランとしていた。事情を知っているのか、マスターもママも、カウンターの向こうで黙りこくっている。

「番組はどうなるのかしら？」

タイムキーパーの水島奈美が、仕事中のあのバリバリしたイメージとおよそかけ離れた、憂鬱《ゆううつ》そうな声を出した。

「そんなこと……」

紅子はキッと頭を擡《もた》げて言った。

「影響ないわよ。メグはかわいそうだけど、それで『テレグラ24』がポシャるってことはないわ」

「そりゃそうだ」

宮田も大きく頷《うなず》いた。

「だけど、メグは『テレグラ24』のシンボルキャラクターみたいな存在だったじゃない。こんな事件で死んだんじゃ、イメージ悪いし、打ち切りっていうことになっちゃうんじゃないかなあ」

「そういうのは、あんたが考えることじゃないわよ」

紅子はピシャッという言い方をした。

「そりゃそうだけど……」

奈美は鼻白んだ。

「私は紅子さんがスイッチを入れれば動くだけですものね」

「何よ、それ」

「よしなさい」

宮田が窘《たしな》めた。

「ナーバスになるのは分かるが、仲間うちでギスギスするのはやめようよ」

「ごめんなさい」

紅子が謝り、奈美も肩をすくめて、頭を下げた。

「当分のあいだ、局内を警察がウロチョロしたりして、気分の悪い状態がつづくだろうけどさ、『テレグラ24』を打ち切るなんてことは、絶対にないよ。なんたってハマテレの人気番組なんだからさ」

「しかし先生、県のほうから打ち切りを言ってきたら、拒否できないですよ」

小林がオズオズと言った。

「そんなこと……」

宮田はチラッと浅見の顔に視線を走らせた。

浅見は彼らの会話から疎外された恰好《かっこう》だったが、それをいいことに、四人の様子をじっくりと観察していた。昨日はあんなにチームワークがしっかりしていたと思ったのに、まるで石に蹴《け》つまずいたように、バランスが崩れてしまった。気の毒は気の毒として、興味深い現象ではあった。

3

「僕は思うのですが」

浅見は宮田の視線に応じるように、ぽつりと言い出した。

「山名めぐみさんを殺害したのが誰であるにせよ、山名さんは何らかの手掛かりを残しているはずです。いや、犯人が残していると言ってもいいかもしれません。どんな事件でも、原則として、手掛かりがないということはないのです。三億円事件だって、グリコ森永事件だって、埼玉の幼女連続誘拐殺害事件だって、どれも豊富な手掛かりが残されています。犯人側からのメッセージまであるくらいです。それにもかかわらず、事件は解決していない……これはもう、メッセージの受け手側に問題があるとしか言いようがありませんよね。つまり、はっきり言えば警察が無能なのです。せっかくのメッセージが読み切れていないのです。あるいは読み方を間違っているのです。送られてきた骨の鑑定が間違っていたり、訂正したりという混乱が、そのことを端的に物語っています。優れた捜査員なら、ごく微細な手掛かりから大きなメッセージを読み取るはずですが、そういうスタッフはいないのでしょうかねえ」

浅見の自負に溢《あふ》れた長広舌を、四人の「聴衆」は呆れて眺めていた。

「ははは、驚きましたなあ……」

宮田が空疎な笑い方をした。

「まるで、浅見さん、あなたは犯罪捜査の専門家のようですな。それとも、評論家ですかな?」

「えっ……あ、いえ、僕はそんなんじゃありません」

さすがに浅見は赤くなった。いくら何でも、少し威張りすぎたかな——と思った。

「しかし、あなたの話を聞いていると、浅見さんなら三億円事件も連続誘拐殺害事件も、簡単に解決しそうでしたぞ」

「はあ、それは僕が——という意味ではなく、警察でも誰でも、被害者や犯人や事件現場が語りかけるメッセージを、ちゃんと分析しさえすれば、事件の真相が見えてくるはずだと言いたいのでして。そうすれば、ばかげた冤罪《えんざい》事件なんかも起きっこないと……いや、どうもいい気になって喋《しゃべ》りすぎたようです。ホテルに戻ってワープロを叩《たた》かなきゃいけない時間です、失礼します」

「ホテル……というと、浅見さんは泊まりがけで来ているのですか?」

宮田は不思議そうに訊《き》いた。すべて浅見の計算どおりであった。

「ええ、ホテルニューパレスに昨日と今日、二泊します。横浜の空気にドップリ浸《つ》かるのも、取材目的の一つなのです」

浅見は立ち上がって、四人の顔をゆっくり見回しながら頭を下げた。

望郷亭を出て谷戸坂を登り、港の見える丘公園に行ってみた。名前のとおり、ここからは横浜港が一望できる。もっとも、十何年か前に訪れたときと違って、港の手前にビルや高速道路、それに荷役用のクレーンなどが林立して、かつてのような「望郷」の想いをかきたてる雰囲気はなかった。

踵《きびす》を返して高台の上の道を行くと、外人墓地の脇を通る。洒落《しゃれ》た喫茶店があって、窓際のテーブルに座った若い女性が、ぼんやり外を眺めているのが、そのまま絵になりそうだった。

この辺りは丘全体が公園のようなもので、高級邸宅街にも近く、のどかな気配の漂う場所だ。もっとも、休日には観光バスまでやってきて、道路は身動きの取れない状態になるらしい。

フェリス女学院の横を下って、元町商店街を抜け、ホテルニューパレスまで歩く。少し汗ばむ程度の快適な散歩コースだった。

フロントで鍵《キー》をもらうついでに、今朝の刑事のことを訊いてみた。

「426号室のお客さんが、変死したのだそうですね？」

「いえ……」

フロント係は仏頂面になって「自殺です」と言った。「変死」と「自殺」では、受ける語感が違うことは確かだ。

「すると、自殺ということがはっきりしたのですか？」

「はあ、そうだと思いますが」

が鳴った。

少し時間をかけすぎたかな――と思ったが部屋に入って、十分以上経過してから、電話

フロント係は迷惑そうに頭を下げた。浅見は諦《あきら》めてエレベーターへ向かった。

「さあ……存じませんです」

「原因は何だったのですか？」

「もしもし、先ほどお会いした、横浜テレビの小林ですが」

か細い声で言った。

「あ、お待ちしていました」

対照的に浅見が陽気に言うと、小林は「えっ？」と驚いた。

「どうして……あの、私はハマテレの小林ですが」

「ええ、分かっていますよ。そろそろお電話があるころかなと思っていたものですから……

……いま、どちらですか？」

「はあ……じつは、いまホテルのロビーにいるのですが、ちょっとお目に掛かりたいと思

いまして」

「いいですよ、すぐに下りて行きます」

浅見は弾むような気持ちだった。自分の想像どおりにことが運んでいるのは、気分のい

いものだ。

しかし、ホテルの廊下を行くあいだに、緩んだ顔の筋肉を引き締めた。小林の心理を思

えば、喜んではいられない。それに、このホテルの暗くて憂鬱《ゆううつ》な廊下を、ものの二十メートルも歩けば、誰だってしぜんに気持ちが滅入ってくる。

小林はロビーの真ん中で、不安そうにキョトキョト周囲を見回していた。

歴史と由緒が売り物だけに、博物館的興味をもって見るかぎり、このホテルのロビーと宴会場のインテリアは一見に値する。柱や梁《はり》はもちろん、天井の格子にいたるまで、太く黒光りするありさまは、前世紀の権威主義そのものといっていい。そういう中にいて、小林はいまにも押し潰《つぶ》されそうに見えた。

小林は、浅見の顔を見るなり、小走りに近づいてきて黙って頭を下げた。

「コーヒーショップへ行きましょうか」

浅見が言うのにも、黙って頷《うなず》いた。

目の前にコーヒーがきても、小林は手をつけられないほど、心ここにあらざる状態であった。

「だいぶご心配のようですね」

浅見は小林を見ないようにして、言った。

「はあ……」

小林は吐息と一緒に言い、それから頭を上げて、「浅見さんはさっき、冤罪のことを言ってましたよね」と言った。

「ええ、言いました。警察の捜査の仕方が、予見と自供優先に偏っているかぎり、冤罪の発生は免れませんね」

「そのことなのですが……」

小林はしばし言い淀《よど》む。浅見は根気よく、小林の決意の固まるのを待った。

「じつは、僕、困っているんです」

「なるほど」

「警察がしつこくやってくるようだと、番組のイメージが下がりますし……それに、仕事になりません」

「なるほど」

「みんなに迷惑をかけるわけですし……家族もおりますし……」

「なるほど」

「それでですね、どうしたらいいものかと、いろいろ、考えまして……そうしたら、浅見さんが警察のことについて、捜査の、なんていうのですか、間違ったやり方とかですね、そういうことに批判的な人だというのが分かりまして、それで……」

「いつ会ったのですか？」

浅見は小林の饒舌《じょうぜつ》に、スルリと割り込むように、言った。

「は？……」

「つまり、山名めぐみさんに最後に会ったのは、いつのことですか？」

「そ、それは、『TVグラフィック24』の打ち合わせが……」

「いえ、僕が訊いているのは、個人的な意味でお会いになったときのことです。事件のあった夜ではないのですか？」

「………」

小林は石仏のように硬直してしまった。

浅見はまた、忍耐づよく待った。

「確かに、僕は彼女と、その夜、会っているのです」

溜息《ためいき》を吐《つ》くのと一緒に、小林は首を振り振り言った。

「それは山名さんのマンションで、ですね？」

「そうです。こうなったら、すべてお話ししますが、あの夜、僕は帰りに彼女のマンションに立ち寄ったのです。もちろん、誰にも知られないようにはしていましたが、警察が調べれば、ひょっとすると、指紋だとかそういうことで、分かってしまうかもしれませんよね。それで、いずれは局のほうばかりでなく、自宅のほうにも刑事が来て、それからマスコミだって嗅《か》ぎつけると思うのです。そうなってからだと、相談したくてもできなくなって……もう、何もかも目茶苦茶になっちゃうと思うので……」

そういう状況を想像するのだろう、小林はいまにも泣き出しそうに、顔を歪《ゆが》めた。いや、実際、目には涙が浮かんでいるようにさえ見えた。

「大丈夫ですよ」

浅見は大きく頷いて、言った。

「はあ、あの、大丈夫とは、そうはならないという意味ですか？」

「ええ、そういう意味です。つまり、そうなる前に事件を解決してしまえばいいわけですからね」

「それはそうですが……しかし、そんなに簡単には……」

「それはあなた次第ですよ、小林さん」

浅見は真っ直ぐに小林の顔を見ながら、言った。断固とした口調だった。

小林は視線を逸《そ》らせたが、すぐに思い直したように視線を戻して、「どうすればいいのか、教えてください」と言った。

「まず、あなたと山名めぐみさんとの関係を話してください。いや、もちろん、僕は秘密を守りますよ。たとえ警察に訊《き》かれても、今日知り得たことは一切、口外しません」

「はあ……」

小林はさすがに戸惑ったが、結局、腹をきめたのだろう、筋道を模索するように、宙を見据えていたが、おもむろに話し出した。

「彼女とそういう関係になったのは、ひと月ぐらい前からなのです。どちらからというわけでなく、なんとなく気が合って……あの、そういうことってあるでしょう」

「はあ、たぶん、ある、のでしょう……」

浅見は曖昧《あいまい》に答えた。そういう話題になると、まったく自信のない男だ。

「僕には妻も子供もいるので、正直、本気ということはなかったし、彼女のほうもあっけらかんとした感じでしたが、しかし、愛情はおたがい、あったと思います」

「はあ、分かるような気がします」

浅見は目を忙しく瞬《しばた》いて、「その先を話してください」と催促した。

「話すっていっても、そういうことだけなのです。あの晩、彼女の家を出たのが十二時過ぎごろだと思います。『じゃあね』って手を振って……それが最後でした」

小林の目が潤んだ。

「確か、山名さんの死亡推定時刻は、午前一時前後でしたね？」

浅見はそういう小林の感傷を咎《とが》めるように、努めて事務的な口調で訊いた。

「はあ、そうだったみたいです」

「だとすると、小林さんが引き揚げた直後ということになります。誤差だとか判定の仕方によっては、小林さんが帰ったと主張する時刻が、死亡推定時刻内にダブる可能性がありますね」

「ほんとですか？」

小林は震え上がった。

「しかし、僕は殺《や》っていないのです」

「分かってますよ、だから、そんなに大きな声を出さないほうがいいでしょう」

「あ……」

小林は慌てて周囲を見回した。

「あなたが犯人でないことは僕も信じます。ただし、警察はそう簡単にはいかない。かりに犯人でないと思っても、手続き上、容疑者もしくは重要参考人として、取調べの対象にすることは間違いありません。向こうも商売ですからね、お客さんがいないと、恰好《かっこう》がつかないのです」

「そんな、冗談を言っている場合じゃありませんよ」

小林は恨めしそうに浅見を睨《にら》んだ。

「すみません」

浅見は真顔になって、謝った。

「それではあらためてお訊きしますが、その晩、山名さんの様子に、変わったところはなかったのでしょうか？」

「べつにありませんでした」

小林は思い出す目をしながら、言った。

「そんなふうにあっさり言わないで、少し考えてくれませんか。何も変わったところがなくて、ああいう事件に遭うはずはないのですからね」

「そう言われても……」

小林はまた泣きべそのような顔になった。

「じゃあ、こうしましょう。その日の山名さんの様子を、昼のあいだからずっと、話していただきましょう」

「はあ……しかし、彼女と会ったのは夕方ですからねえ」

「夕方……というと、その時刻からデートしていたのですか？」

「まさか！……夕方まで、めぐみは取材で走り回っていたのですよ」

「取材？　ああ、例のあれですか、赤い靴はいてた女の子の……」

「そうです、カメラマンの前島と、アシスタントディレクターの戸村と一緒に、昼前ごろから出ていたのじゃないかな。それで、そのあと編集なんかにも立ち会ったりして、十一時ごろまでかかったのです」

「そうすると、昼間のことはそのお二人から聞くしかないわけですね」

「ええ、それで、刑事も目下のところ、その二人にいろいろと訊いているみたいです。今日も二人、刑事が来ていました」

「なるほど、いまのところ、まだ小林さんのところまでは到達していないというわけですか」

「しかし、いずれは僕のところに来るのでしょう？」

「それはそうです。あなたは彼女の部屋に、それこそいろいろなメッセージをバラ撒《ま》いていますからね」

「はあ……」

小林は面目なさそうに俯《うつむ》いた。

4

「そうすると、小林さんが山名さんと個人的な話をしたのは、帰り間際になって——ということですか？」

「ええ、まあそういうことになります。もっとも、晩飯なんか、みんなと一緒に食いながら、だべりましたが」

「そのときの彼女の様子は、どうでした？」

「どうって、べつにいつもと変わりはなかったと思いますが」

「どんな話をしましたか？　まさか、話の内容までいつもと同じというわけじゃないのでしょう？」

「そりゃまあ……しかし、取り立ててどうっていうことは……誰かの噂話だとか、そうそう、その日の取材の話だとか、そういうことでした」

「噂話というと、どういう？」

「たわいのない話ばかりです。彼女は陽気で、よく喋《しゃべ》るコでしたからね。つまらないことでも、面白おかしく脚色して喋るのです。それがウケて、本来はアナウンサー志望だったのを、ああいうレポーターに起用されたんですけど」

「誰の噂をしていましたか？」

「誰って……近所のスーパーのおやじさんのこととか」

「スーパーのおやじ？」

「ええ、二宮尊徳の崇拝者で、チェーン店の前に銅像を建てたり、月に三度、二の日には大安売りをしたり、とにかく、いろんなエピソードがある人なんです」

「そのおやじさんがどうしたのですか？」

「どうっていうほどのことはないのです。以前、『TVグラフィック24』に出てもらったことがあって、そのとき、二宮尊徳の名前が出るたびに、気をつけをしていたっていう、そういうような話です。それを彼女が話すと、なんだか面白いんですよね。確かに天才的な話術の持ち主だったなあ……」

過去形で言わなければならないことが悲しいのだろう、小林はまた涙ぐんだ。

「そのほかには、どういう？」

「ほかは……あとは取材中の出来事とか、そんなもんですね」

「取材中には、いろいろと面白い話にぶつかるのでしょうね」

「ええ、それはまあ、いろいろありますね。時には危険な目にも遭いますし」

「ほう、どういう？」

「たとえば、ヤーさんに絡まれたりもしますからね」

「なるほど……で、今回の取材ではどういう出来事があったのですか？」

「今回ですか？　そういう危険なことはなかったのじゃないかな……赤い靴の童謡がテーマですからね。危険な場所には行かなかったはずだし、インタビューの相手も、女性だとか中年紳士を中心に――という注文を出しておきましたから」

「それで、何かトラブルはなかったのでしょうか？」

「ええ、べつになかったみたいですね。まあ、昨日の番組を見ていただいて、お分かりのとおりですよ」

確かにそのとおりだった。浅見はモニターテレビやスタジオの安原良子アナウンサーの説明を見聞きしていたが、ビデオの内容は、山名めぐみの持ち味そのもののような、陽気で明るい雰囲気で纏《まと》まっていた。

「赤い靴はいてた女の子、どこへ行ったか知りませんか？」

そう訊《き》かれて、大抵の人は一瞬、戸惑うけれど、じきに夢見るような表情を見せる。

「そうねえ、やっぱりアメリカじゃないのかしら？」

そう答えるのがほとんどだった。中には白髪の紳士が「フランスで会いましたよ」などと、ウイットに富んだ答えを言って、さすが横浜――と感心したものだ。

そうかと思うと、高校生ぐらいの男の子が投げやりな口調で、「死んじゃったんじゃないの」と言い放ったりもした。

「赤い靴」は大正十年（一九二一）に作られた歌だそうだ。そのころ、彼女は五、六歳だったとして、いま生きていれば、還暦を過ぎたお婆さんということになる。

――今では、青い目になっちゃって、異人さんのお国――で、寂しい老後の暮らしをしているのだろうか？

「そういえば……」と、小林は思い出したように言った。

「中に一人だけ、感じの悪い男がいたとか言ってましたっけ」

「ほう、感じの悪い男――というと、ヤクザか何かですか？」

「いや、見た感じは紳士風だったのだそうですよ。最初、話しかけたときには、愛想よく話に乗ってきたんですが、途中から急に怒りだして、返事もしないで行ってしまったということでした」

「何か、気を悪くするようなことを言っちゃったんですか？」

「僕も彼女にそう言ったんです。一般の人の中には、シャレの通じない人だっているわけで、こっちがそういうつもりでなくても、バカにされたと受け取ってしまうことがあるんですよね。だけど、そういうんじゃないって言ってました。ほかの人と同じように、赤い靴をはいていた女の子は、いまどこにいるか知りませんか？――と訊いただけだというのです」

「カメラで撮られているのに気づいて、それで腹を立てたとか」

「それはないですよ、カメラは望遠で隠し撮りしているのです。マイクもワイヤレスで、山名めぐみの顔を知っていないかぎり、ほとんどの人が、テレビの取材だとは気がつきませんからね」

「あ、そうだったのですか。道理で、昨日のビデオ、自然な感じでした」

浅見はふと気がついた。

「その紳士のインタビュー、僕は見ていないような気がしますが」

「ああ、それはオンエアしてませんからね。編集でカットした分もかなりあるのですね」

「ああ、そうなんですか。そういう、放送されない分もかなりあるのですね」

「ええ、一カ所で何人かインタビューして、その中の、面白いのをピックアップして使いますから」

「その紳士のはどこで撮ったのですか？」

「ええと、あれはどこだったかな……」

「横浜市内ではないのですか？」

「いや、市内は市内ですが、横浜といっても広いですからね……ちょっと待ってください。カメラマンに訊いてみます」

小林は電話をかけて、すぐに戻って来た。

「分かりました、西柴というところです。小柴という、かつての漁村の近くで、山みたいなところだったのを西武が開発して、大規模な住宅団地になったところです」

「小柴」という名前は浅見にも記憶があった。スポーツ新聞の釣り情報欄には、よく出ている地名だった。そういう場所もどんどん開発されてゆくのだから、横浜が変貌するのは当たり前だ。

「その放送されなかったビデオ、見られませんか？」

「見られますよ、たぶん消していないはずですから」

「じゃあ、これから見に行きましょう」

浅見は立ち上がった。

「えっ、ハマテレへ行くのですか？……」

小林は浮かない顔になった。

「刑事が気になるのですか？　しかし、いつまでも逃げ隠れしているわけにはいかないでしょう」

「それはまあ、そうですが……」

小林は牛のように緩慢に動いた。

横浜テレビには刑事の姿はなかった。前島カメラマンとアシスタントディレクターの戸村に対する事情聴取だけで、ひとまず引き揚げたそうだ。

「参りましたよ、しつこいしつこい」

前島は編集室に向かう途中、悲鳴のように言った。

「刑事はメグといちばん親しかったのは、戸村ちゃんかおれじゃないかって、そう思ってるらしいんですよね。どっちもひとり者だし、帰りのタクシーはいつも一緒だし、そう思われたって仕方ないですけどね」

小林の顔に、安堵《あんど》の色が流れた。この分だと、警察が小林の線まで到達するには、まだ少し時間がかかりそうだ。

撮りっぱなしのビデオの量は膨大なものであった。しかも、一本一本に取材場所などのデータが書き込んである。その中から「西柴」の分を取り出した。

問題の「紳士」の分はすぐに出た。

西柴はいかにも新興住宅街らしい、明るい街だった。よく整備された段丘に、現代風の住宅が整然と建ち並ぶ。カメラは車の中からその風景を映している。

街は閑散としていて、あまり人通りはなかった。その中で、BMWを降りた紳士が、こっちへ歩いてくる。

紳士に向かって、山名めぐみが歩いて行った。後ろ姿だが、「ちょっとお尋ねしますが」と言っているのが聞こえた。例によって、インタビュー用の大きなマイクは、後ろ手にお尻《しり》のあたりに隠し持っている。その恰好《かっこう》が、何ともかわいい。

紳士は愛嬌《あいきょう》のいいめぐみに対して、笑顔を見せた。

「あの、赤い靴の童謡、ご存じですよね」

めぐみは無邪気に訊いた。

紳士は表情の動きを止めて、「うん」と頷《うなず》いた。質問者の真意を測りかねている顔であった。

「その赤い靴はいてた女の子は、いったいどこへ行ったか、知りませんか?」

とたんに紳士の顔つきが険しくなった。

「あんた、誰?」

低い声で訊いている。

めぐみは困ったように、「私は山名めぐみっていいますけど」と答えた。

紳士はじっとめぐみの顔を見つめて、急に回れ右をしたかと思うと、ＢＭＷに戻ってしまった。

ＢＭＷは走り去り、めぐみはあっけに取られたような顔をこっちに向けて、吹き出しながら、「だめだめ」と手を振ってから、大きな×印を作った。

ビデオはそこで終わっている。

「これだけです」

前島が言って、テープを巻き戻した。

「なぜ怒ったんでしょうね？」

浅見は小林と前島とに、等分に訊いた。

「さあ？……」

前島も小林も、首をひねった。

「たぶん、子供じみた質問をしたので、からかわれたと思ったのじゃないですか」

前島はそう言った。たしかに、そういう感じがしたし、現場にいた彼が言うのだから、それがもっとも自然な印象だと考えてよさそうだ。

「どうもありがとうございました」

浅見は前島に丁寧に礼を言った。前島は怪訝《けげん》そうに、小林に「このビデオがどうかしたのですか？」と訊いている。それに対して小林は、「いや、べつに。ただ、浅見さんが参考のために見たいと言われるので」と言葉を濁していた。

浅見と小林は編集室を出て、玄関ホールへ向かった。

浅見はビデオを見て失望した。どう考えても、山名めぐみの事件とそのビデオが関係する根拠はなさそうだ。

「愛人宅があの近くで、あの場所にいたのが、テレビで放送されたりすると困る——という理由で怒ったのなら話は分かるけれど、あの紳士はカメラにはまったく気づいていませんでしたからねえ」

小林は浅見の落胆が分かるのか、自分が窮地に立っていることを忘れたように、慰めを言った。そんなふうに女性的な心配りをするところが、小林の美徳であり、欠点であるのかもしれない。

玄関で宮田と藤本紅子が入ってくるのに出会った。

「あら、いらしてたんですか」

紅子が目敏《めざと》くこっちを見つけて、手を上げて笑いかけた。宮田弁護士のほうは、眼鏡のせいか、笑顔を作っていても、どことなくよそよそしい感じだ。

「ちょうどよかった、藤本さんに会いに来たらお留守だったもので、帰ろうとしたところです」

浅見はとっさに嘘をついた。小林は感謝の目を浅見に向けていた。

「私に？　何か？」

紅子は事件のことを連想したのだろう、身構えるように訊《き》いた。

「さっき、訊くのを忘れていたことがあるのです」

「ああ、そっちのこと……何かしら？」

「ここではちょっと……」

浅見が宮田と小林を交互に見て、逡巡《しゅんじゅん》を示すと、紅子は「ああ、結婚のことでしょう」と機先を制した。

「私は構わないけど」

「いや、私たちは消えますよ」

宮田はニヤニヤ笑いながら言い、小林を促してエレベーターのほうへ向かった。

「それじゃ」と、ロビーの隅のベンチのように固いソファーに座った。紅子は
「こういう質問、藤本さんにはくだらないことに思われるかもしれませんが……」

浅見は照れながら、切り出した。

「そんなことありませんよ。私だって、これで人並みに結婚しようと思ったことは、何度もありますからね」

「それにもかかわらず——という理由は？」

「そうねえ、臆病《おくびょう》なのかしらねえ……それはあなたも同じでしょう？」

「えっ、僕が独身だと、分かりますか？」

「そりゃ分かりますよ、長いことインタビュー番組なんかやってると、自然、ね」

「そうですか、そんなに物欲しそうに見えますかねえ」

「ちがうわ」

紅子は笑った。

「その逆ですよ。浅見さんて、若いくせに超然としたとこあって、結婚、似合わない感じなんですよね」

「いや、若いのならいいのだけれど、もうおジンですしね」

「やだ、あなたがおジンなら、私はどうなっちゃうの……浅見さん、大台に乗ってないのでしょう?」

「大台って、三十の、ですか? あ、ショックだな、そんなに幼稚に見えますかねえ。僕は三十三ですよ」

「え? じゃあ、私とおない年? わーっ、ショックだなあ、それがずっと若く見えちゃうなんて……若いつもりでも、いつのまにか老けちゃってるわけねえ」

二人はそれぞれがショックを受けて、しばらく黙りこくった。

「このあいだ、中島敦っていう作家のことを知ったんですけど」と、紅子は言った。

「大正から昭和のはじめごろの人で、いわゆるプロ作家になる前に亡くなっちゃったんですけど、それが三十四歳のときなんですよね。それで、来年がそうなるわけでしょう。私の場合なんか、もし、来年死んだら、何も残らないわけで……つまり、子供もね。それで、いっそそのほうがいいかなと思って……浅見さんはそういうこと、考えたことありませんか？」

「考えませんよ、そんなこと」

浅見は言下に言った。

「藤本さんのことは分かりませんが、僕はひょっとすると、未来永劫《えいごう》、結婚できないのかもしれないという予感があるのです。結婚しないことや、子供を作らないことは、絶対、勲章なんかじゃないですよね。なんとなく税金を納めないで人生しちゃっている感じがして、肩身が狭いですね。僕なんか、そこへもってきて、居候の身分ですから、たまったものじゃない」

紅子は吹き出した。

「あ、いけね、これじゃ僕がインタビューされているみたいです」

浅見も笑った。

笑いを収めて、真顔になって言った。

「山名めぐみさんは、まだ生きたかったでしょうねえ」

「そう、ですよね。とてもかわいそう」

「そういう、なんていうか、無念な気持ちを想像すると、僕は殺人者を絶対に許しておけないと思うのです。生きるという、人間にとってギリギリ最後の自由意志を侵略するヤツは、自らが死ぬべきなんです」

紅子は目を丸くして、浅見の怖い顔を見つめた。

第三章　仕組まれた錯覚

1

ホテルに戻ると、もう夕刻近かった。今夜は中華街で食事をしようかな――などと考えながらフロントで鍵《キー》をもらった。

本館から浅見が泊まっている別館へ通じる廊下は、なぜか登り坂になっている。海岸地帯だから、地盤沈下が起きているのかもしれない。廊下には赤い絨毯《じゅうたん》を敷いてあるけれど、あちこちに黒いシミなどがあって、老朽化が進んでいることを物語る。

エレベーターを降りて、廊下を曲がったら、行くてに女性の佇《たたず》んでいるのが見えた。浅見の部屋かと思ったが、そうではなく、二つ先の部屋のドアに向かっていた。

浅見はピンときた。その部屋に泊まり、自殺したという人物の身内にちがいない。人の気配を感じて、女性はこっちを振り向いた。二十歳ぐらいだろうか、髪の長い、少し痩《や》せぎみの娘であった。

「お父さんが亡くなったのですか？」

浅見は無遠慮を承知で、声をかけた。

「え？　ええ……」

娘は迷惑げに答え、すぐに歩きだした。ほんの数歩で浅見と擦《す》れ違う。その瞬間を捉《とら》えて、浅見は言った。

「お父さん、自殺ではないとお思いですね」

「えっ？……」

娘はギクリと足を止めた。

「刑事さん、ですか？」

眉《まゆ》をひそめて、浅見を見た。不信感がその表情に溢《あふ》れている。

「いえ、違いますよ。刑事なら、自殺だと思い込んでいるでしょう」

「じゃあ、あなたは……」

「ええ、僕はそうは思いません。あなたのお父さんには、自殺なさるような理由は何もなかったでしょう？」

「え？　ええ、そうですけど……でも、どうして？」

「それは、あなたの顔を見れば分かります。このまま自殺で片づけられたのでは、お父さんの怨《うら》みは永久に消えない——とあなたは思っています」

「……」

娘は驚きと警戒の色を露《あら》わに、浅見を凝視しながら、あとずさりして、やがて脱兎《だっと》のごとく逃げた。

「おやおや……」

浅見は呟《つぶや》いてドアに鍵を差し込んだ。自分ではそんなに人相が悪いとは思っていないのだが、このホテルのムードの中では、怪しい男に見えるのかもしれない。

きっかり三十分後、ワープロを叩《たた》き疲れ、そろそろ中華街に出掛けようかと思ったとき、ドアがノックされた。

マジックアイの向こうに、明らかに刑事と分かる、中年男が立っていた。

ドアを開けると、物慣れた手付きで手帳を示して、「警察ですが、ちょっとお邪魔していいですか？」と言った。

刑事は「金沢署の多田です」と名乗り、珍しそうに部屋の中を見回した。426号室と造りが違うわけでもないだろうに――と、浅見は多田の下手な芝居がおかしかった。

「ええと、浅見さんでしたね」

多田は手帳を開いて、言った。

「住所は東京ですか……近いのに、二泊もするのだそうですなあ」

「ええ、横浜のムードに浸りたいものですからね」

「浜路さんとは、どういう関係ですか？」

「は？……」

「いや、亡くなった浜路さんですよ。どういうご関係かと訊《き》いているのです」

「知りませんよ、そんな人」

「しかし、娘さんと話したそうじゃないですか。浜路さんは自殺ではないとか、そう言ったのでしょう?」

「ああ、言いましたが、それは彼女がそう思っているだろうと推測して、そう言っただけです。しかしあのお嬢さんの様子を見るかぎり、実際、そのとおりかもしれませんね。警察が自殺で片づけたことに、ひどい不信感を抱いているみたいでした」

「しかし、彼女はあんたには何も言っていないということでしたがね」

「ええ、言ってませんけど、言わなくても分かります。彼女には、父親が自殺なんかするはずがないという、信念みたいなものがありますからね。それがオーラのように全身から噴き上げているのです」

「はあ……」

多田は口をあんぐり開けて、それから肩を揺すって笑い出した。

「なるほど、あの娘さんにしてみれば、あんたが頼もしい騎士《ナイト》みたいに見えたのかもしれませんな。それで警察に言ってきた。自殺なんかじゃないと言う人が、自分のほかにもいるってね」

「ところが、警察にとっては大いに迷惑。それどころか、そんなことを言うヤツはクサイのじゃないか——と、そう思って飛んで来たのでしょう?」

「ん?……」

多田は、そう大きくない目で浅見を睨《にら》んで、ニヤリと笑った。

「で、ほんとのところは、あんた、どう思っているんです？」

「だから、知りませんよ、そんなこと。そっちの事件のことは、ぜんぜん知らないのです。しかし、彼女のオーラを信用するかぎり、自殺じゃなさそうですね」

「そういうことですか」

多田はがっかりしたように言って、手帳を閉じた。

「娘さんがやけに気負って言うもんだから、聞き込みの途中で飛んで来たのだが、素人さんはどうも困ったもんですな……」

軽く挙手の礼の真似をして、ドアに向かいかけて、ふと気づいた。

「そうそう、あんたいま、『そっちの事件』と言ったが、それはどういう意味です？」

「ああ……」

浅見は嬉《うれ》しくなった。この刑事は並みではない――と思った。

「つまり、別の事件のほうには関心があるという意味ですよ」

「別の事件――というと？」

「山名めぐみさんというタレントが殺されたでしょう」

「ああ、あの事件……」

多田は完全に浅見に向き直った。

「ということは、その事件に関心があると、そういうことですか？」

「ええ、たまたま、横浜テレビに行った日に、あの事件が起きたものですからね。あれはなかなか興味深い事件のようです」

「ふーん、興味深いねえ……そういう捉え方は不謹慎ですなあ」

「あ、そうですね、すみません。どうも僕は、探偵ごっこが好きなもんで、つい……それで、この事件がもし、彼女の言うように自殺でないとすると、いったいどういうことになるのかな——と、そう思いかけているところでした」

「そういう余計な……探偵ごっこだとかですね、そういう軽い思いつきみたいなことで、事件に首を突っ込むのはやめていただきたいもんですな。何か事件があると、あんたみたいな面白半分の情報提供魔が出てくるもんで、じつに困る。真面目な情報と冗談とを見分けるだけで、警察はてんてこ舞いです。いいですね、素人さんの探偵ごっこなんか、絶対にやめて……」

多田はふいに難しい顔になって、言葉を中断した。それからおもむろに手帳を開き直して、手帳のメモと浅見の顔を見較《みくら》べた。

「ちょっとお訊きしますが……」

言い出しかけて、逡巡《しゆんじゆん》し、「あ、いや、いいです」と思い直したように、部屋を出て行った。

(何だろう?——)

多田の様子が気になったが、それよりも、晩飯のほうが差し迫った問題だ。浅見は多田を追い掛けるように、街へ出掛けた。

中華街は、風景も賑《にぎ》わいも、以前来たときとあまり変化がないように思えた。楼門を潜ると、とたんに住む世界が変わる。その急転の落差が面白い。

原色をふんだんに使った、どことなくまやかしめいた建物や、曖昧《あいまい》な微笑を浮かべている店の人たち、それに、お上りさんのようにキョロキョロしながら歩く客たちと、そういうものが、まるでゴッタ煮のような乱雑さで、そのくせ渾然《こんぜん》一体となっている雰囲気が、なんとも楽しいのである。

浅見は、横町のなるべく小さな店を選んで入り、大好物の車海老《くるまえび》のチリソース炒《いた》めを注文した。横浜へ行ったら車海老のチリソース——と思い定めてきた。太い身を無造作にぶつ切りにしたのを、たぶん油をたっぷり敷いた鉄鍋《てつなべ》にぶち込むのだろう。殻がパチッとはじけたようになって、本来は白い身が甘辛のチリソースで赤く染まっている。

これが本場の味なのかどうか、浅見は知らないが、ここのは確かに、東京で食べるよりは旨《うま》くて、しかも安い。

主人は中国人らしい顔をしているのだが、夫人とおぼしき女性との会話は、純粋の日本語であった。ボーイの一人はまだ高校生の見習いらしく、「あさって、卒業式なんですが、休んでいいですか」と主人に訊き、主人は、「ああ、いいともよ。そのあと謝恩会だろう。ゆっくりしてこいや」と優しい。

レジをやっている女性は主人夫婦の娘か、それとも息子の嫁かもしれない。小さい女の子がまつわりついて、歌をせがんだ。

浅見はザーサイをポリポリやりながら、そういう風景を眺めていた。横浜の中華街という、何か特別な場所のような気のするところに、日本じゅう、どこにでもありそうな生活があることに、何かほっとしたものを感じる。

女の子にせがまれて、レジの母親は「赤い靴」を歌った。横浜らしいといえばそのとおりだが、浅見は山名めぐみを連想した。

——赤い靴はいてた女の子は、いったいどこへ行ったか、知りませんか？——

そういって陽気に飛び回っていためぐみは、もうこの世にはいないのである。

レジの母親の、あまり音程のよくない「赤い靴」を聞きながら、青い眼をして、赤い靴をはいた人形たちは、いったいどこへ行ったのだろう——と浅見もしみじみ思った。

そして、そう思ってからしばらく、自分の錯覚に気づかなかった。

食後の一服をして、浅見は店を出た。満腹感が心地よい。風は少し冷たかったが、ホテルまでの五分ばかりの道のりが、物足りないくらいだった。浅見はわざと遠回りして、横浜テレビの前を通った。ロビーは明るく、まだ大勢の社員が働いている気配があったけれど、浅見は素通りして、公園通りの角を曲がった。

山下公園に面して、ホテルニューパレスの並びに『横浜人形の家』がある。その前をのんびり歩きながら、浅見はしぜん、「赤い靴はいてた……」と、頭の中で歌っていた。

人形の家は、この時刻にはもう閉館して、どこもかしこも真っ暗だが、この建物の中には、きっと青い眼の人形たちが何体も飾られているのだろうな——と、その光景が歌と一緒に頭の中をよぎっていった。

人形の家を行き過ぎ、マリンタワーの前にさしかかったとき、浅見はふいに（あれ？——）と思った。

（なぜ、青い眼をした人形なのだろう？——）

奇妙な錯覚であった。

「赤い靴」を歌いながら、映像的には、浅見の脳裏に「青い眼をした人形」が思い浮かんでいたのだ。

「ははは……」

浅見は誰も見ていないのをよいことに、声を出して笑った。自分の犯した錯覚がおかしかった。

「赤い靴」と「青い眼の人形」はもちろん、別の歌である。そんなことは承知しているはずなのに、感覚の上では、ゴッチャになっていたらしい。

それにしても不思議なことがある——と思った。瞬間的にならともかく、ずっとその錯覚に気づかなかったことは事実なのだ。

赤い靴　はいてた

女の子
異人さんに　つれられて
行っちゃった
横浜の　埠頭《はとば》から
船に乗って
異人さんに　つれられて
行っちゃった

今では　青い目に
なっちゃって
異人さんのお国に
いるんだろう

赤い靴　見るたび
考える
異人さんに　逢《あ》うたび
考える

これが「赤い靴」の全文である。浅見でも歌詞が全部思い出せるほど、ポピュラーな歌だ。そして「青い眼の人形」もたぶん、誰にも馴染《なじ》み深い歌だろう。

青い眼をした
お人形は
アメリカ生まれの
セルロイド
日本の港へ
ついたとき
一杯涙を
うかべてた
「わたしは言葉が
わからない
迷い子になったら
なんとしょう」

やさしい日本の
嬢ちゃんよ
仲よく遊んでやっとくれ
仲よく遊んでやっとくれ

公園通りを歩きながら、浅見は一歩ごとに歌詞を暗唱していた。そして、二つの歌を思い較《くら》べるうちに、何か胸騒ぎのようなものを感じはじめた。

この二つの歌は、どことなく表裏の関係にあるような気がした。赤い靴をはいた女の子が、横浜の波止場から行ってしまった――というのと、青い眼をした人形が日本の港に着いた――というのとは、まさに逆のものである。

(妙なことがあるものだ――)と思った。まるで、赤い靴の少女を異国に連れ去られた代わりに、異国の人形を連れ込んだ――というような印象さえするではないか。

それはあたかも「対《つい》」の関係のようでもある。

そう考えると、これまで、可憐《かれん》で、どことなく哀調を帯びた童謡――とばかり思っていた歌詞の内容が、悪意に満ちた陰惨なものに見えてくる。人身売買、報復……といった連想もしないではない。

浅見は首を振った。いやなことに気づいてしまったと後悔した。

目の前にホテルニューパレスの暗い建物が迫っていた。歩道から石段を四段上がったところに回転ドアがある。いまどきオートドアでないホテルというのも珍しい。

「よっこらしょ」と掛け声とともに、浅見は回転ドアを押して、玄関を入った。

そこに、黒っぽい服を着た若い女性が立っていた。浅見の二つ隣りの部屋の前にいた、例の娘である。浅見の目を見つめて、沈んだ声で「お待ちしてました」と言った。

2

浅見はたぶん、男としては臆病《おくびょう》なほうだろう。お化けと飛行機が怖い――などという男は、そんなに多くないものである。

浅見は血を見るのが嫌いだ。鋭利な刃物もだめ。カミソリの刃が白い肌にスーッと走る――などという情景を想像しただけで、身震いが出る。注射や採血をされるのがいやで、よほどの重体にでもならないかぎり、おそらく医者にも行かないであろう、だらしのない人間である。

重いドアを押して、薄暗い玄関に入ったとたん、髪の長い女がぶつかりそうな距離にいて、いきなり声をかけてきたから、ギョッとした。そっくりかえった弾みで、背中を回転ドアにいやというほどぶつけた。

「あ、ああ、さっきの……どうも」

かろうじて、体勢を整えて、うろたえながら挨拶《あいさつ》した。

「先ほどは失礼しました。浜路といいます。浜路智子です。サトは智恵の智です」

娘は棒読みのように一気に言って、ペコリとお辞儀をした。

「浅見です、浅見光彦といいます」

言って、浅見は浜路智子のように文字の説明をする代わりに、名刺を出した。

「あら、東京の方なんですか？」

智子は怪訝《けげん》そうに言った。

「ええ、そうです。浜路さんも東京でしたかね」

「ええ三鷹です。吉祥寺の近くです」

「じゃあ、うちからはちょっと遠いな」

「お宅が東京なのに、こちらにお泊まりなんですか？」

「ああ、そういえばおかしいですかね。ちょっと仕事の関係で、二晩、横浜に泊まることになったのです。しかし、その点はあなたのお父さんも同じでしょう」

「ええ、それはそうですけど……」

智子はふっと寂しい顔になった。

「あ、余計なことを言いましたか。すみません」

浅見は肩を竦《すく》めて、詫《わ》びた。智子は「いいえ、気にしません」と首を振った。

「ちょっとお話ししたいことがあるのですが、付き合っていただけませんか？」

緊張しているせいなのだろうか、むやみに硬く、愛嬌《あいきょう》に欠ける話し方だ。

「いいですよ、じゃあ、そこに入りましょうか」

浅見は一階の喫茶ルームを指差し、歩きだした。娘は「はい」と、教授に対する学生のように答え、浅見の後ろからついてきた。

このホテルの喫茶ルームは、午後九時でラストオーダーになる。東京ならまだ子供のお時間だ。ついでにいうと、レストランも同様だし、ルームサービスも十時まで。地方都市のホテルだって、もう少しましである。これでよく客から文句が出ないものだ――と感心させられる。

九時までにはまだ間があった。客の数はそう多くない。浅見はなるべく他の客から離れたテーブルを選んで、浜路智子のために椅子を引いてあげた。

「父が死んだのは……」

智子が座るやいなや言い出したので、「ちょっと待って」と浅見は慌てて制止した。ウェートレスが近づいてきていた。

二人ともコーヒーを注文した。浅見はコーヒーが飲みたかったのだが、智子のほうは何でもいいという感じだった。

「さっき、刑事さんがお部屋に行きませんでしたか?」

智子はあらためて訊《き》いた。

「ああ、来ましたよ。あなたに僕のことを聞いてきたとか言ってました」

「ええ、私、ほかにも父の死が自殺じゃないと思っている人がいるって、そう言ったんです。そうしたら、なんだか急に熱心になって、それはどういう人物だとか、いろいろ訊きはじめて……」

「なるほど、それで関心を持ったわけですね。まるで犯人扱いで尋問されました」

「えっ、ほんとですか？……すみません、ご迷惑をおかけしました。でも、私はそういう意味で言ったんじゃないんです。父は殺されたんだっていう……」

「よく分かりますよ。しかし、警察は人を疑うのが商売みたいなものですからね、事件のことに詳しいなんていうと、放っておけなくなるのです」

「そうですよね、すみません」

智子はまた頭を下げた。

「いいんですよ、気にしないでください。それに、僕は警察と付き合うのは嫌いじゃないのです」

嫌いじゃないどころか、身内に警察の大物がいる。

「でも、浅見さんが父は自殺じゃないっておっしゃっていた、あれはほんとうなのでしょう？」

「もちろんですよ。あなたの信念を知っただけでも、そう信じていいと思っています」

「それだけですか？」

「は？　それだけじゃいけませんか？」

「いいえ……でも、私の言うことなんかより、ほかに何か、理由があると思ったものですから」

「理由なんか……お父さんのことをよく知っているあなたが、そう信じているということだけで、充分じゃないですか」

「はあ……」

智子は落胆の色を隠せない。もっと客観的な理由があるのかと思っていたのだろう。

「それとも、ほんとうのところは、あなたはお父さんに自殺の動機があるかもしれないとか、そう思っているのですか？」

浅見は訊いた。

「いえ、そんなこと……」

智子は心外だ——と言わんばかりに頭を上げたが、語尾が細くなった。

「それは、いくら私が父のことを分かっているつもりでも、百パーセント理解していたかって訊かれれば、絶対っていうことは言えないと思うんですよね。母なんか、私なんかより、かえって父の私生活の部分が分からなくなったって……おかしいでしょう、毎日一緒に暮らしているのに、私生活なんていう言い方……」

智子は泣き笑いのような顔になった。

「お父さんは陰日向《かげひなた》のあるような方だったのですか？」

「いいえ、少なくとも私は、そうは思いません。母だって同じだと思うんです。だからこそ、分からなくなったということじゃないでしょうか」

浅見は自分の家族のことを考えてみた。たとえば兄がもし、そういう死に方をした場合、母親や兄嫁や自分は、兄のことをどこまで知り尽くしていたと言えるだろう。

何もかもが理解できるということはないかもしれない。しかし、兄にかぎって自殺するはずがない――という信念は、母親にせよ兄嫁にせよ自分にせよ、絶対に動かないだろうと思う。

「あらためてお訊きしますが」と、浅見は智子の目を見ながら言った。

「お父さんは自殺なんかしないと断言できますか？」

智子は浅見の視線に耐えるように、大きな目をこっちに向けて頷《うなず》いた。

「ええ、断言します」

「そうですか、それなら言うことは何もありません。あなたのお父さんは、何者かによって殺害されたのですよ。たとえ警察がどう言おうと、僕はそう信じます」

「………」

智子はコックリと頷いたが、視線が微妙に揺れた。

「そうは言っても、僕なんかが信じたところで、どうなるものではない――と、あなたはそう思っていますね？」

浅見は微笑を浮かべて、言った。

「えっ、ええ、いいえ……」

「ははは、いいんですよ、そう思うのが当然なのです。警察の力と、個人の、しかも素人の力とでは、較《くら》べようがありませんからね。ただし、最初に自殺だと思っているのと、他殺だと思っているのとでは、捜査に臨む意気込みに天地の相違が生じます。殺されたと信じる——その線に立って一歩も退かなければ、自然にいろいろなものが見えてくるものですよ」

智子は火星人でも見るような目で、浅見を見つめた。

「あの……浅見さんて、何をしている人なんですか？」

「僕はルポライターという、しがない物書きのはしくれです」

「じゃあ、探偵とか、そういうのではないのですか？」

「ははは、そうがっかりしないでください。探偵ではないけれど、探偵ごっこは大好きですから……あ、いや、そういうと不真面目に思われますか。どうも僕は、誤解されやすい男のようです。刑事には犯人と間違われそうになったりね」

智子は苦笑した。それでも、彼女が笑いらしきものを見せたのは、それがはじめてのことであった。

「では、少し真面目なことを言いましょうか。お父さんはきわめて仕事熱心な……というより、会社に忠実な方だったのではありませんか？　ただし、それほど出世の早いほうではなかった。コツコツ、脇目もふらずに仕事をして、信用を身につけた。奥さんやあなたにも優しくて、よほどのことがないかぎり午前様などということはしないし、休みの日には家族サービスを欠かさない。ゴルフはたぶんやらなかったか、やったとしても下手だったでしょうね。娘のあなたから見ると、少しダサくて物足りないけれど、亡くなってみると、とても大切なものを失ったことが分かるような、そういう人物だったのじゃありませんか？」

「………」

智子は何か言おうとして、ふいに涙が溢《あふ》れて、喉《のど》が支《つか》えたようにカクンと頷いた。

浅見は慌てて脇を向いた。彼女に付き合って、涙を零《こぼ》しそうになった。

「そうだなあ、バレンタインデーのチョコレートは三枚というところかな」

わざとおどけたことを言った。

「そのうちの二枚は会社の部下の女性からの義理チョコ。もう一枚はあなたからのもの——そうじゃないですか？」

「あっ、当たりです」

智子は泣き笑いになった。

「すっごい……どうしてそんなこと、分かっちゃうんですか？」

ハンカチで、いそがしく涙を拭《ぬぐ》いながら、言った。

「どうしてでしょうかねえ……自分でも分からないけれど、そんな気がしたのですよ」

まさか、モテない課長なら、せいぜいそんなものだ——などとは言えない。

「さて、問題は」と、浅見は真顔に戻って言った。

「そういうお父さんが、なぜご家族にも内緒で横浜なんかに来たのか、ですね。しかも、このホテルに泊まり、金沢八景でしたか、そんな場所に出掛けたか……これは大変な謎だと思いますよ」

「ええ、そうなんです。でも、警察は自殺するつもりだったのなら、それほど不思議はないって……」

「ほうらね、最初に自殺だと思い込んでしまうと、そういうことになるのです」

浅見は残念そうに言った。

智子は、いまやもう信頼に溢れた眼差《まなざ》しで、この少し頼りなさそうにさえ思える、坊ちゃん坊ちゃんした青年の顔を見つめた。

「ところで、あなたは、ゴム紐《ひも》のことを知りませんか？」

「ゴム紐？」

「そう、このくらいの長さの、まあ大きな輪ゴムみたいなやつです。そういうゴム紐が、お父さんの泊まられたあの部屋の中に落ちていたのです。ただのゴミかもしれませんが、それが、あの部屋にあった、唯一の遺留品だったのだそうですよ」

「そうなんですか……」

智子はしばらく記憶をまさぐっていたが、結局、「知りません」と首を振った。

ウェートレスがやってきて、「ラストオーダーになりますが」と言った。浅見はそれを汐《しお》に立ち上がった。

「東京に帰ったら、お宅のほうにお邪魔させてください」

「ええ、ぜひお願いします。母もきっと喜びます」

挨拶《あいさつ》を交わして、喫茶室を出ようとした向こうから、多田部長刑事がやって来た。

「ほう、ご一緒ですか」

多田は二人を見較べるようにして、出口を塞《ふさ》いで佇《たたず》んだ。

「あの、刑事さん、この方は犯人なんかじゃありませんから」

智子は気負った口調で言った。

「えっ、ああ、ははは……いや、それは分かってますよ」

多田はおかしそうに笑って、それから浅見に、「ちょっとお話ししたいのですが」と言った。

「ええ、いいですよ」

浅見は頷《うなず》いたが、智子は心配そうに、二人の男の様子を窺《うかが》っている。その智子に「じゃあ、また」と浅見は手を上げた。多田の話は智子に聞かれないほうがいい——と、とっさに判断した。

浅見と多田が店の奥に向かおうとしているのを、ウェートレスが見咎《みとが》めて、「あの、もう閉店ですけど」と言った。

「ちょっとここ、使わせてください」

多田が手帳を示すと、ウェートレスは怯《ひる》んだ顔をして、小さく頷いた。

「失礼ですが、浅見さんは、その、浅見刑事局長さんの弟さんではありませんか?」

多田は椅子に座る前に、訊《き》いた。

「はあ、そうです」

浅見も仕方なく、窃盗がバレて捕まった男のように、立ったままで、神妙に答えた。

「えっ、じゃあ、やっぱり……」

多田は驚きの中に、自分の推理が当たったことへの満足感を見せた。

「そうでしたか。いや、これは失礼しました。お噂は聞いておりますよ。名探偵だそうですなあ」

「とんでもない」

「名探偵」と面と向かって言われて、浅見は赤くなった。

「いやいや、聞いていますよ。じつは、私の弟が警視庁の警部をやってましてね。赤坂《あかさか》署管内で発生した事件の際に、浅見さんの活躍ぶりをつぶさに見たと言っているのです」

「えっ、じゃあ、あのときの多田警部……」

浅見は内心、(おやおや――)と思った。警視庁の多田警部といえば、赤坂ワイドホテルで宿泊客が殺されていた事件(『津軽殺人事件』参照)を担当した捜査主任である。素人探偵の浅見の「捜査」をあまり快く思っていなかったはずなのだが、どういうふうに噂していたものやら。

「優秀な警部さんですよねえ」

とりあえず、お世辞を言った。

「そうなんですよ、兄貴の私が言うのもなんですが、ガキのときから優秀な男でしてね。こっちが万年デカ長なのに、あっという間に警部ドノですからなあ、いやになっちまう。その事件のときも、早期解決で警視総監賞をもらったとか言ってました」

「へえーっ、それはすごい！」

これには浅見は呆《あき》れた。警視総監賞なら、むしろ、独り健闘した堀越《ほりこし》部長刑事がもらうべきだ。多田はどちらかというと、堀越の足を引っ張っただけなのである。むしろ、刑事の資質としては、こっちの兄のほうが優れているように、浅見には思えた。

「そうでしたか、浅見名探偵でしたか……」

多田は嬉《うれ》しそうだ。

「そうすると、今回はやはり、横浜テレビの事件のほうを手掛けているわけですか？」

「いえ、違いますよ。僕は単に、横浜の女性を書くための、取材目的で来ただけなのですから」

「まあまあ、隠さなくてもいいじゃないですか。大いにやってくださいよ。あっちの事件は難しそうですからねえ」

多田部長刑事は鷹揚《おうよう》に言った。管轄外の事件に「名探偵」が活躍するのは、いっこうに構わない――ということらしい。

「そっちの事件より、浜路さんの事件のほうが、何やら面白そうですけど」

浅見は遠慮がちに言った。

「え？　こっちの事件ですか？　どうしてです？　これは単純な自殺ですよ」

「ということは、すでに捜査は終結したのですか？」

「いや、まだ裏付けをしているところですがね。しかし、いままでのところでは、そういう心証ですよ」

「しかし、あのお嬢さんの話によると、自殺するはずがないということでしたが」

「うーん、あのコはねえ、そう言いますが、よくよく調べてみると、仕事上の悩みなんかもあったらしいですな。いわゆるその、中間管理職というやつですか。気の小さい人だったみたいですよ。上と下との板挟みになって、けっこう大変だったんじゃないですかなあ。私なんかにも、よく分かります。いくら苦しくたって、家族には愚痴をこぼせませんしねえ」

我が身にひき較《くら》べて、思い当たることがあるのだろう、多田は目尻《めじり》の皺《しわ》を深くして、じっと天井を見つめた。

3

「こんなことを言って、気を悪くされると困るのですが」と浅見は言った。

「僕は多田警部のことは、たしかに立派な警察官だと思います。しかし、たったいまお会いしただけですが、お兄さんのあなたのほうが、刑事としては優れていらっしゃるように思えるのですが」

「は？……」

多田は目を丸くして浅見を見つめた。はじめは少しオーバーなお世辞を言われたか、あるいは皮肉まじりの冗談かと思ったらしい。

しかし、浅見はあくまでも真面目な顔であったから、それはそれで、かえって戸惑った様子だった。

「ははは、そんな慰めを言ってくださらなくてもいいのです。自分は弟の出世を羨《うらや》んだりはしていませんからね」

「慰めなんかじゃありませんよ。本気でそう思ったのです。さっき、僕が不用意に『そっちの事件』と言ったとき、多田さんは聞き逃さなかったでしょう。あのとき、鋭い——と感心しました。そのあと、すぐに僕の素性を洗い出しに行っていたのだから、いよいよ参りましたよ。これで、もし僕が犯人か何かだったら、いまごろ年貢を納めていなきゃいけないところでした」

「うーん……」

多田は唸《うな》った。

「いやあ、浅見さんはそこまで気づいておられたのですか。さすがですなあ」

「いや、さすがはそちらですよ」

双方で持ち上げっこをしている。

「多田さんが、弟さんより少し出世が遅れているのは、才能の差ではなく、運の問題だと思いますね。これまでだって、きっと、能力を発揮するチャンスを、何らかの理由で逸していたのかもしれませんよ」

「なるほど……いや、そのとおりかもしれません。思い当たることがないわけじゃないのです。自分がさんざん苦労して、やっと追い詰めていたホシを逮捕したのは、偶然、はち合わせしたような同僚の刑事だったり、ですな」

「分かります分かります、そういうものですよねえ。めぐり合わせというのでしょうか。それでですね……」

浅見は周囲の耳を気にするように、前かがみになって、囁《ささや》いた。

「多田さんが県警本部長賞を取るなら、いまがチャンスだと思いますが」

「えっ……」

多田も反射的に周囲を見回した。知らない人間が見たら、麻薬のバイニンか何かと間違えそうな気配だった。

「それはどういう意味です？」

「金沢八景の変死事件ですが、僕は殺人事件の可能性が強いと思いますよ」

「まさか……」

多田は（なんだ――）と、やや落胆した表情を見せた。そういうところは、きわめて正直で、好感がもてる。

「信じないでしょう。それが当然です」

浅見は、どこまでも真顔で言った。

「ふつうは誰だって自殺と考え、それで見限ってしまう。しかし、それだからこそ、その事件には宝石のような稀少《きしょう》価値があるのです。誰もが他殺と分かるような事件なんか、いくら大きくたって、ただの石ころじゃないですか。誰もが石ころだと思い、見捨ててしまったのが、じつはダイヤモンドだったりしたら……」

浅見は、催眠術師のように、多田の目を覗《のぞ》き込んだ。

多田は浅見の顔を見て、ギョッとしたように身を反らせ、首を忙しく左右に振った。

「そうは言っても、この事件はどう考えても自殺ですよ。第一、夜の夜中に、わざわざあんな山のてっぺんまで行って殺す物好きが、いるはずはないでしょう」

「それが盲点じゃありませんか。誰だってそんなばかなことはあり得ないと思う。竹藪《たけやぶ》の中に、一億円の入ったバッグが捨ててあるなんて、誰だって思いませんよね。そんなことを言ったら、物笑いの種になるだけです。ところが、現実に一億円を上回る金を拾った人が現われた。おまけに、その事件を伝えるニュースキャスターが、『その後、二匹目のドジョウを狙って竹藪に入る人がいるそうです。もうないと思いますがね』とせせら笑っていましたが、その直後、なんと、また九千万円入りの袋が見つかりました」

浅見は、もういちどグッと首を突き出して、「ダイヤモンドを探してみませんか」と言った。

多田は、悪魔の誘惑に抗しきれなくなったように、「しかし、ですな……」と、か細い声を出した。

「探すと言っても、どうすりゃいいのですかねえ?」

「どうすればいいのかは、まだ分かりませんが、とにかく多田さんにその気があるなら、及ばずながら僕がお手伝いしますよ」

「お手伝い?……」

「ええ、捜査の現状を教えてくれれば、なんとかできると思います。それに、べつに損をするわけじゃない。だめでもともとじゃありませんか」

「そりゃまあ、そうですが……」

「まず手はじめに、事件現場に連れて行ってください。もし、立入り禁止でなければ、僕一人で行ってもいいのですが」

「いや、まだ二、三日は立入り禁止でしょうな……」

多田は腕組みをして、すぐに、「分かりました、それじゃ、現場の案内だけは自分が引き受けましょう」と胸を叩《たた》いた。

「明日の朝、九時に迎えにきますよ」

「いいでしょう」

九時は少しきついが、やむをえない。

多田を見送って、部屋に戻ると、メッセージランプが点滅していた。フロントに問い合わせると、「藤田様が会社のほうに電話をしてくださいとのことです」という伝言であった。

　かれこれ十時になろうというのに、まだ仕事をしているらしい。浅見はいくぶん藤田を見直す気持ちで電話を入れた。

「はい編集部」

　藤田の威勢のいい声が答えた。

「あ、浅見ちゃん、ちょっと待ってね……おい、代わりにツモってくれないか、あ、それ捨てちゃだめ、右から二つめ、そう……どうだい横浜は？」

「なんだ、マージャンですか」

「ああ、畑《はた》先生がみえてさ、ちょっとツマもうってことになったの。で、横浜の取材のほうはうまくいってるの？」

「まあまあです」

「ほんとかな、妙な横道に逸《そ》れてんじゃないの？」

「何ですか、横道って？」

「またまた、とぼけるんだから。横浜テレビのなんとかいうレポーターの事件、知らないとでも……あ、それポン、ポンしてさ、右端の捨てて、えっ、当たり？　うっそー、ゴーパー？……浅見ちゃん、へんなときに電話するんだもんなあ、またあとで電話する」

　勝手なことを言って、電話を切った。ふだんなら腹も立つが、今回はこれ幸いというところだ。実際、藤田が言ったとおり、横浜の取材はあまり順調とは言えなかった。

しかし、藤田も職業意識に目覚めたらしい。それからきっかり一時間後、浅見がバスを使って、テレビのニュースを見ているところに電話が入った。

「あはは、さっきの畑先生の上がり、あれチョンボでさ、それから大逆転して、ダントツ。畑先生、怒って帰っちゃった。浅見ちゃんの電話が絶妙のタイミングだったみたいよ。べつに用事ってないけど、それが言いたかっただけ、じゃあね……」

言うだけ言うと、電話を切りそうになった。

「あ、ちょっと待って」

浅見はふと思いついて、言った。

「調べてもらいたいことがあるのですが」

「なに？」

「赤い靴っていう歌、知ってますか？」

「赤い靴？　知ってますよおれだって。赤い靴、はいてた、女の子——だろ？」

藤田は案外、可愛らしい声で歌った。

「それがどうかしたの？」

「その歌とですね、青い眼をしたお人形という歌、どっちが先にできたのか、それを調べてもらいたいのです」

「ふーん……そりゃまあ、横浜に関係した話らしいから、調べてみるけど……だけど何なの、それ？」

「ちょっとね、妙なことに気がついたものですからね」

「妙なことって？」

「その二つの歌、対の関係にあるんじゃないかって思ったのです」

「ツイの関係？」

「そうですよ」

浅見は自分の着想を話した。

「なるほど……面白いねえ、それ」

藤田はいたく感心したらしい。この強欲な編集長が、心底、感嘆の声を発するというのは、ごく珍しい。

「すぐ調べる」と言って、ものの五分後には電話がかかってきた。

「分かったよ、驚いたよ、すごいよ……」

興奮して手が震えているのが、そのままケーブルを伝わってくるような口調だった。

「赤い靴も青い眼をした人形も、野口雨情《のぐちうじよう》作詞、本居長世《もとおりながよ》作曲なんだが……」

「えっ？　やっぱり同じ作者ですか」

「そうなんだよねえ。しかしだよ、それで驚いてちゃいけない。なんと、赤い靴も青い眼も、大正十年十二月——ほぼ同時に作られているんだなあ」

「………」

浅見は一瞬、言葉を失った。

「浅見ちゃん、聞いてるの？」

「え？　ええ、聞いてますよ」

「どうだい、すごいだろ、大発見だろ」

藤田は、まるで自分の発想のような威張り方をしている。

「すごいですね、大発見ですね」

言いながら、浅見は何か得体の知れない怪物が、自分の頭上に蠢《うごめ》いているような気配を感じて、思わず天井を見上げた。

「たしかにさ、浅見ちゃんが言ったように、この二つの歌は対の関係で生まれたのかもしれないって、おれにも思えてきたよ」

藤田は興奮がさらに増幅したような、急《せ》き込んだ口調だ。

「こういうのって、作詞の世界では実際、あるのだそうだ。たしか、阿久悠《あくゆう》の『ジョニーへの伝言』と『五番街のマリー』が、やはりそういう対の関係だっていうの、聞いたことがあるよ。そのほか……」

例を挙げようとして、思いつかなかったのか、度忘れしたのか、言葉が続かなかった。

浅見はそれだけでも充分だと思った。

二つの歌が「対」の関係であったということ、そのこと自体、すでに大発見といってもいいのだが、浅見は、それにも増して、そう感得した自分の感性に驚いてしまった。

さらにいえば、二つの歌に籠《こ》められた、作者・野口雨情の想いが、ちゃんと受け手の胸にひびいてくるという、そのことに感銘を受けた。
雨情はいったい、どちらの歌を先に作ったのだろう？

赤い靴はいてた女の子
青い眼をしたお人形

横浜の埠頭《はとば》から
日本の港へ
異人さんにつれられて
アメリカ生まれの
青い目になっちゃって
迷子になったら

この、いくつも重なる対比を見ると、どちらが先というよりも、同じ時期に想を得て、同時進行の形で詩が生まれていった——という印象がますます強くなる。
浅見が「赤い靴」を考えながら、「青い眼をした人形」を想い浮かべたのも、ことによると、単なる錯覚というのではなく、雨情が仕掛けたワナにまんまと引っ掛かったということなのかもしれない。

「それでさ、浅見ちゃん、じつを言うとさ、おれがどうしてこんなに興奮してるかって言うとさ、浅見ちゃんから『赤い靴の歌知ってるか』って訊《き》かれただろ。あの瞬間さ、赤い靴を歌いながら、頭の中では、どういうわけか、青い眼をした人形を思い浮かべていたんだよね。それで、あとで気がついて、あれ？　これはどういうこと？——って思ってね。これ、ひょっとすると面白いテーマになるんじゃないかな」

藤田がこんなに長く、マジで熱心に喋《しゃべ》るのを、浅見はいまだかつて聞いたことがなかった。それはほとんど、感動といってもいいものだった。

しかし、そのことよりも、浅見は「赤い靴」と「青い眼」を混乱して受けとめるのが、自分一人だけの錯覚でないと知って、ほっとしたような、そのくせ、何か新しい命題を与えられたような、奇妙な感慨をおぼえていた。

それは、言ってみれば、「赤い靴」の先に「青い眼の人形」を見た、さらにもう一つ先に、まだ何かが見えてきそうな予感——といってもいい。

電話を切ったあと、浅見は藤田の反応に励まされたと感じる反面、何か正体不明の、漠然とした不安に感染したような、うそ寒い気分に陥っていった。

4

翌朝、多田から電話で、道路が渋滞しているから、電車のほうがいいと言ってきた。車をホテルに置いて、京浜急行の金沢文庫駅改札口で落ち合うことになった。

金沢文庫駅周辺は急速に開発が進められているらしい。駅は新しく、周辺の民家はピカピカの新築マンションがあるかと思うと、おそろしく古い木造家屋もある。踏み切りの改修や道路整備も進捗しつつあって、活気に満ちた街だ。

改札口に多田の姿が見えないと思っていたら、多田は少し離れた柱の陰に隠れていて、浅見が改札口を出ると同時に、小走りに寄ってきた。

「さ、行きましょうか」

挨拶《あいさつ》もそこそこに、すぐに先に立って歩きだす。なんとなく、刑事に追われる脱獄囚のように、ソワソワと落ち着きのない様子で、たえず周囲を気にしている。

「このへんは、うちの署の管轄ですからね、仲間がどこにいるか分かったものじゃないのです」

「なんだか、見られると具合が悪いみたいですね」

浅見は苦笑しながら言った。

「え？　ああ、いや、具合が悪いっていうわけじゃないですけどね、しかしまあ……そうですなあ、べつに犯罪を犯しているわけじゃないのだから、何もビクビクすることはありませんなあ」

多田も自嘲《じちょう》するように笑ったが、かといって、周囲の目を気にする様子には、変わりはなかった。

それにしても、多田の足の速いのには呆《あき》れた。どう贔屓目《ひいきめ》に見ても、それほど長いとは思えない脚をセカセカと運んで、ちょと油断すると、置いてけぼりを食いかねないスピードだった。

少しガニ股《また》の癖があるのだろうか、茶色の靴の外側が傷んでいるのが、ちょっと見ただけで分かるほどだ。

国道16号を横断すると、街の様子が急に静かになった。車の数も少なく、買い物をする若い主婦の姿が目立つ街だ。表通りを曲がると、いい香りが漂っていた。何の花なのだろう、花の姿は見えないが、鼻孔から胸の奥まで、フワッとした春の息吹が入り込んで、つい足の運びが止まった。

「どうしました？」

多田が振り返って、まるで詰《なじ》るように言った。

「いい香りですねえ」

「は？……ああ、梅ですか」

多田は鼻を空に向けて、くんくんと音を立てて匂いを嗅《か》いで、言った。

「えっ、これ、梅ですか？」

「じゃ、ないですか。いや、知りませんけどね」

「梅じゃないと思いますが」

「だったら桜かな」

「まさか……いくら暖冬でも、桜はまだでしょう」

「それじゃ梅ですよ」

多田は、世の中には梅と桜しかないと思い込んでいるらしい。「そんなことより、早く行きませんか」と歩きだした。

称名寺の境内に入ると、駅周辺の雑駁《ざっぱく》さが嘘のような、ちょっとした別世界であった。長い参道の正面に、いかめしい仁王門《におうもん》、その向こうに小高い山が三つ並んでいる。

参道の両側の民家も、木々と同居しているような落ち着いたたたずまいだ。

「浜路さんは、この道を通って行ったのですかねえ」

浅見は仁王門の手前で立ち止まり、振り返り、左右を眺めた。

寺域は低い塀で仕切られていて、参道に直接面している民家というのはない。ただ、仁王門に向かって右側に茶店と土産物店を合わせたような店が一軒あって、初老といってもよさそうな年配のおばさんが、戸を開けようとしているところだった。

「あのお店にも、聞き込みはしているのでしょうね？」

浅見は多田に、小声で訊いた。

「ああ、もちろん聞いてますよ。自分ではないですがね、若い刑事が話を聞いてます」

「それで、何かあったのですか？」

「いや、べつに、何もなかったですよ」

多田はつまらなそうに言った。

浅見は店の前で、参道の石畳に水を打っているおばさんに近づいた。

「おはようございます」

いきなり挨拶をしたが、おばさんは驚きもせず、「おはようございます」と応じた。朝の早い参拝者や散策する人間に声をかけられるのは、慣れっこになっているらしい。

「このあいだ、山の上で人が死んでいたのだそうですねえ」

浅見が言うと、またか——と言いたげに顔をしかめた。

「そうなんですよね、困ってしまう」

「亡くなったのは、夜中だそうですが、ぜんぜん気づかなかったのですか？」

おばさんは、バケツの残り水をバシャッとぶち撒《ま》けて、さっさと店の中に入った。

「気がつきませんよ、そんなの」

店の中には、「おでん」「おそば」などと書いた旗があって、これから外に立てるらしい。朝食抜きでやってきた浅見は、急に空腹をおぼえた。

仁王門をくぐると風景は一変して、赤い橋のかかる池を中心に、広々とした空間が出現した。池の向こうには素朴な堂宇が並び、この空間を抱いて坊主頭のような愛嬌《あいきょう》のある山が連なる。いわゆる浄土思想を感じさせる風景であった。

池を半周して、山の登り口にかかる。裾《すそ》が短く、いきなり急な坂道になった。道は細く険しい。ところどころ石段を刻み、そうでないところも自然に段々のような道になっている。

岡といっていい程度の低い山だが、登ってみると、けっこうきついものである。

「多田さんは、犯人や浜路さんがこんなところまで、わざわざ殺したり殺されたりしに来るはずがない——と言われましたが……」

浅見は息を切らせながら、言った。

「浜路さんが自殺だったとしても、こんな苦労をして死にに来るとは、到底、思えませんねえ」

ものぐさで有名な、浅見の友人の推理作家なら、たぶん「こんな死ぬ思いをするくらいなら、死んだほうがましだ」ぐらいのことを言うにちがいない。

しかし、元来それほど高くない山なのだから、疲労困憊《こんぱい》というほどのこともなく頂上に達した。

「やあ、なかなか景色のいいところじゃありませんか」

浅見は背後を振り返り、しばらくのあいだは、眼下に広がる街やその向こうの入江、東京湾を楽しんだ。

「ここはもともと金沢八景と言われたくらいなところですからな、景色がよくて当たり前なのです」

多田は地元の自慢をしている。なんだか、こうしているだけなら、物見遊山の気分と変わらない。

そこから少し行ったところに、ロープが張られ、立入り禁止の札がぶら下がっている。その向こうにちっぽけなお堂があった。

「ああ、あれが問題の八角堂ですね」

「そうです」

多田はロープを跨《また》いだ。浅見もそれを真似て、八角堂に近づいた。地面のあちこちに、足跡を採取した白い痕跡《こんせき》が残っている。

「すでに実況検分は終了していますが、あまり歩き回らないでください」

そう注意して、多田は堂の中に入った。

八角の恰好《かっこう》は面白いが、建物自体はほとんどがコンクリートでできた、文化財的価値のないものであった。床の一部が窪《くぼ》んでいて、何やらいわくありげだ。

「八角堂の地下には、秘密の洞窟《どうくつ》があって、何やら秘密の品が埋まっていて、そこの窪みが地下の穴の入口だったという説があるのですがね、あまり信憑性《しんぴょうせい》はありませんがね」

死体があったところには、例によってチョークの線が人型を描いていた。

「浜路さんに、何かこの場所に対する思い出だとか、因縁だとか、そういうものがあったのでしょうか？」

浅見はその人型を見つめながら、言った。そういうときの浅見は、地獄を見るような目をしている。

「いや、それがですね、家族に訊いても、会社の連中に訊いても、昔の友人に訊《き》いても、現在までのところ、この場所に特別な思い出があるという事実は浮かんでこないのですなあ。それどころか、金沢八景周辺自体に土地鑑があるということも、誰も知らなかったと言っておるのですよ」

「ほう……それが事実だとすると、浜路さんがこの山のことをどうして知ったのか、不思議じゃないですか」

「そうなんですよねえ、不思議な話ですよ、まったく」

多田は他人事《ひとごと》のように言っている。

「警察はその点をどう解釈しているのですか？」

「うーん……まあ、あれじゃないですか、つまり、誰も知らない何らかの土地鑑があったというような、ですな」

「なるほど……」

頭から「自殺」と決めている以上、多少の疑問点など問題ではないということなのだろう。

堂を出て、周辺を歩いてみた。山頂からの展望は、ほぼ三六十度に近いと言ってもよさそうだ。わずかに東の方向に、尾根伝いに行く道があり、その方角だけが樹木などで視界が妨げられている。

登ってきたのと逆——つまり、称名寺の境内からは山の裏側にあたる方角に行ってみると、ほとんど眼下からずっと、新しく開けた住宅地がえんえんと展開していた。

一戸建ての住宅団地が多く、整然と区画された団地が、はるかな丘陵地まで、いくつもいくつも、うち続いている。その真ん中をうねるように走る列車は、さっき浅見が乗ってきた京浜急行だろう。

背後の称名寺の境内と、いま眺めている新開地とは、なんとも対照的な風景であった。この山を境に、まったく異質な二つの世界が存在しているのを見るのは、なんとなく不気味なものだ。

浅見はふと気がついた。

「多田さん、こっち側の住宅地からは、この山には登れないのですか？」

「ああ、もちろん登れますよ。そこから尾根伝いに右のほうへ行く道があるでしょう。その道を少し行ったところに枝道があって、それが住宅街からの登山道です」

「そうすると、浜路さんはそっちの道から来た可能性もあるわけですか？」

「はあ、あることはありますが、はたしてどうでしょうか……」

多田は首をひねった。

「もちろん、警察としても、その可能性を考慮に入れて調べてはおりますが、駅からこっちの道を通るとなると、回り道になりますし、第一、この道そのものが、ごく最近できたばかりですからな、横浜の地理にあまり詳しくない浜路さんが、その道を知っていたかどうか疑問です」

「なるほど……」

浅見は一応、頷《うなず》いて見せたが、納得したわけではなかった。

「帰りは、そっちの道を下りませんか」

さっきの店のおでんとそばに未練はあったが、そう言った。

「そりゃ、構いませんがね」

多田は（物好きな——）と言いたそうな顔をしたが、さっさと歩きだした。

山の裏道は、少し下ると、呆《あき》れるほど整備されていた。広大な住宅団地の上だから、地滑りだの山崩れだのがあってはたまらない。それに備えて、雛壇《ひなだん》状の造成地はじつにしっかりとできていた。

トットコトットコ下って、後ろを見上げると、山へ向かってかなりの傾斜まで住宅が建っている。あそこに住む人は、さぞかし眺望がいいにちがいない。美人の奥さんをもらって、かわいい子供たちに囲まれて、休みの日には庭越しに風景を眺めて……という生活が、あそこにはあるのだろうな——と、浅見はちょっぴり、羨《うらや》ましく思った。

そう思った次の瞬間、浅見は奇妙な気分に襲われた。

（おや？——）と辺りを見回した。

「おかしいな……前に来たことがあるような気がしますよ」

「えっ、ほんとですか？」

多田は妙な顔をした。

「なんだ、浅見さん、さっきまで、こっちのほうははじめてみたいなこと言ってたじゃないですか」

「ええ、それはほんとうですよ。僕はこっちに来たのははじめてです。第一、この団地そのものが最近できたばかりだって、多田さんは言ったじゃないですか」

「そうですよ、そのとおりですよ。要するに、錯覚ですか。よくありますよね、一度も行ったことのない場所を、以前、来たことがあるような気がしてならない――などということは」

「ええ、それもそうですが……」

浅見はもう一度、周囲の風景を眺めた。

「いや、気のせいじゃないですねえ……たしかに来たことがありますよ。それも、ごく最近のような気がします……」

そう言ったとたん、浅見はすぐ目の前の電柱に、地番表示のプレートが貼ってあるのを見つけた。

――西柴4丁目〇番地――

「あ、そうか、あのビデオで見たのか……なんだ、あははは……」

笑い出して、ギョッとなった。

「多田さん……」

救いを求めるような目を部長刑事に向けて、浅見は次に言うべき言葉を失っていた。

第四章　不吉なインタビュー

1

朝、出掛ける直前に、宮田弁護士から「伊勢佐木町《いせざきちよう》の事務所に寄ってくれませんか」という電話があった。

「ちょっと相談したいことがあるのです」

妙に重々しい口調で言われたとき、紅子はいやな予感がした。

（あまり聞きたい話じゃなさそう——）

そう思った。

その予感は、事務所を訪れて宮田の顔を見た瞬間、いっそう確かなもののように思えた。

宮田は長年、弁護士をやっているせいなのだろうか、表情を読み取ることの難しい相手であった。横浜テレビにいるときは、いつもにこやかにしているが、つくり笑いという感じをまったく相手に与えない男だ。

眼鏡の奥の目は、羊のような優しさを感じさせる。年下の相手と話す場合も、言葉はきちんとしていて、決して相手を侮ったりするようなことは言わない。

その宮田が、裁判所で検事とやりあうときのような険しい顔をしていた。

事務所には二人の助手と事務の女性が勤めている。

宮田は奥の部屋に紅子を案内して、三人のスタッフには「当分、電話も取り次がないでいいから」と言って、ドアを閉めた。

「この部屋は依頼人と内密の話をする際に使えるようにしてあるから、あまり大声を出さないかぎり、外には聞こえませんよ」

無理に笑顔を見せてソファーに座ると、すぐに言った。

「小林君のことだけど」

紅子は（ああ、やっぱり――）と思った。その話題が出そうな予感であった。しかし、宮田の話の内容は、紅子の予想を上回るものであった。

「紅子さん、知っているのかな？」

「知っているって……何を、ですか？」

「そう、知らないの」

宮田は意外そうに、少し疑わしそうに、言った。

「小林君とメグちゃんの関係ですよ」

「えっ？　小林さんとメグの？……」

紅子はいっぺんで憂鬱《ゆううつ》になった。いや、憂鬱を通り越して、体が震えた。

「まさか先生……」

それ以上は言う気にならなかった。それに、それこそ部屋の外にいる人間に聞かれてはならないことだと思ったから、ぐっと声量を抑えた。

「いや、二人がどういう関係であっても、それは奇跡でも何でもありませんよ」

宮田も低い声で言った。

「ただ、あの二人がふつうの関係でなかったことだけは、あなたにも知っておいてもらったほうがいいと思うのです」

宮田がそういう、ちょっと他人行儀に話すときは、気持ちのどこかに職業意識が働いているせいだと、紅子は知っている。

「そうだったんですか、小林さんがメグと……」

紅子の体の震えは止まりそうになかった。

「そういえば、事件が起きてからずっと、小林さんの様子、どことなく変でしたよね、なんだかソワソワと落ち着きがなくて、望郷亭からも一人でさっさと帰って行っちゃったし……」

宮田は眉《まゆ》を寄せて、難しい表情になって、言った。

「警察がね、私のところに来て小林君のことを聞いて行ったのですよ」

「先生のところに？……」

「そう、小林君や紅子さんのところに行かないで、私のところに来たというのがね、きわめて憂慮すべき事態であることを意味していると、私は思っているのですよ」

「憂慮すべき事態って……まさか先生、小林さんが犯人……」

紅子は思わず言って、慌てて口を押えた。

「その可能性がある——と警察が睨《にら》んでいることは事実です」

宮田は冷酷に言った。

「あの夜、つまり、『テレグラ24』の前日の夜だけど、メグちゃんは戸村君と前島君と一緒にタクシーで帰ってますね」

「ええ、いつも大抵はそうです」

「そのことは、すでに警察は二人に事情聴取して、確認しているそうです」

「…………」

「それから少しあと、小林君は一人でマイカーで帰って行ったそうですね」

「ええ、私も彼が『お先に』って出て行くのを見送ってます」

「それは午後十一時ごろ」

「そう、だと思います。私が社を出たのが零時過ぎでしたから」

「ところがね、小林君が自宅に帰ったのは二時過ぎだったそうですよ」

「え？　二時……」

小林の家は戸塚《とつか》区にある。いくら遅くなったとしても、三十分もあれば充分な距離だった。

「そのこと、小林さんの奥さんが言ったんですか？」

「まさか……」

　宮田は苦笑した。

「警察はそんなことはしませんよ。小林君の家の近くで屋台のラーメン屋をやっている人に聞いたらしい」

「そうなんですか……」

　紅子は暗澹《あんたん》たる気分になった。

「そのこと……警察が聞き込みをやっているっていうこと、小林さん、知らないんじゃないかしら」

「かもしれない。しかし、おそらく一両日中には任意出頭ということになるでしょう」

「だけど、二時に帰ったからって、どこかほかの場所へ行ったのかもしれないじゃないですか」

　紅子は警察に抗議するように、口を尖《とが》らせた。

「そうだといいけれど……」

　宮田はまた、職業的な目になった。

「まさか先生は、小林さんのこと、疑っているんじゃないのでしょう?」

「客観情勢だけを言うなら、小林君にはきわめて不利だとしか言いようがないですね」

「そんな冷たい……」

「もちろん、彼が起訴されるようなことがあれば、私は弁護を引き受けますよ」

「先生……」

紅子は悲鳴を上げた。

「それにしても、小林君がなぜあの男を連れていたのか、それが分からない」

宮田は紅子のショックを無視して、呟《つぶや》くように言った。

「あの男って、誰ですか？」

「ほら、昨日の夕方、ハマテレの玄関で会った男——小林君と一緒にいたあの人物ですよ。浅見っていいましたか、あれは何者だったのかな？」

「ああ、浅見さんなら、私に訊《き》き残したことがあるからって」

「そう、そう言ってましたね」

宮田は頷《うなず》いた。

「しかし、それがほんとうの目的のようには思えなかったな」

「でも、あのあと、確かに私にインタビューをしましたけど」

「何を訊かれたの？」

「何をって……」

紅子は言い淀《よど》んだ。

「大したことじゃなかったでしょう」

「ええ、まあ……」

紅子の結婚問題など、確かに「大したこと」ではないのかもしれない。

「それは彼の口実だったのじゃないかと、私は感じましたがね」

「そうなんですか？……」

もし宮田の言うとおりだとすると、ずいぶん人をばかにした話だ——と、紅子は少しいやな気がしてきた。

「いったい、あの人物はどういう男なのですか？」

「どういうって……フリーのルポライターだっていうことぐらいしか、私は知りませんけど」

「しかし、紅子さん、いろいろ話していたようだし、彼の人となりについて、何らかの感触を得ていると思うのだが」

「そうですねえ、感触といってもまあ、割りと真面目そうな人かなっていう、そんな程度ですけど」

「メグちゃんとは知り合いという感じはしなかった？」

「メグとですか？　いいえ、ぜんぜん」

「隠しているっていうことはない？」

「まさか……だって、『テレグラ24』の本番のとき、メグのあのビデオを見ていても、そういう感じはありませんでしたもの」

「そう……」

宮田はしばらく黙って、考えていた。その横顔を見つめながら、紅子はしだいに不安になった。

「先生、あの人がメグの事件に関係があるのですか？」

「いや、分かりません よ。ただ言えることは、あの人物が現われるまでは、平穏だったということです。少なくとも、前日まではメグちゃんは生きていました」

前日まではメグは生きていた——。

（そのとおりだわ——）と紅子はしみじみと思った。

浅見という男が現われた日を境に、あらゆることが、ガラガラと音を立てて崩壊してゆくような気がした。

めぐみが殺され、小林に容疑が向けられ、宮田も戸村も奈美も、妙にギスギスとしてきた。これで小林が警察に呼ばれでもしたら、『TVグラフィック24』はもはや絶望的だ。何年もかけて、ようやく軌道に乗りかけたというのに——。

「もう、おしまいですね」

紅子は茫然《ぼうぜん》として言った。宮田も否定しなかった。誰が考えたって、いま紅子が思い描いた断末魔の風景を、明るい希望に満ちた風景に塗り替えることなんかできっこない。

「カメレオンは死ぬ運命なのか……」

「ん？」

紅子が妙な言葉を口走ったので、宮田はびっくりして視線を上げた。

中島敦の『かめれおん日記』には後日談があって、上野動物園に引き取られたカメレオンは、結局、数日後に死んでしまったというのである。

紅子はしかし、その説明をする気力も失《う》せて、立ち上がった。

「小林さんに会ったら、どういう顔をすればいいのかしら……」

「ふだんどおりに」

宮田は、それこそふだんどおりの優しい声になって、言った。

2

通い慣れた横浜テレビの玄関を入るのに、紅子は勇気を要した。もし、いきなり小林に会ったら——と思うと、しぜんに顔がこわばって、到底「ふだんどおり」を装うことなんかできそうになかった。

視線を床に落として、守衛の挨拶《あいさつ》に「おはようございます」と応じて、ひょいと顔を上げたとたん、紅子は一瞬、息が止まるかと思った。

すぐ前に浅見が立っていた。

「こんにちは」

浅見は一般人の挨拶をした。テレビ屋はいつでも「おはよう」だが、時刻のほうはすでに十二時になろうとしている。

「あ、どうも……」

紅子はうろたえて、間抜けな挨拶を返した。こっちの動揺は、もろに相手に見抜かれたにちがいない——と紅子は思った。

「小林、まだ来ていませんか？」

紅子は早く浅見の前から逃げ出したくて、そう訊いた。

「ええ、でも、小林さんよりあなたのほうがいいのかもしれません」

浅見は笑顔で言った。

「えっ、私が？　あの、きょうは何なのですか？」

露骨に「迷惑」を見せて、紅子は言った。

「山名めぐみさんの、例のインタビューのビデオ、没《ぼつ》になった分ですが、もう一度見せていただきたいのです」

「ああ、そういえば、テープ見たのだそうですね」

直接、「事件」に関係のある話ではなさそうなので、紅子は少しほっとした。

「でも、あんなテープを見て、どうするつもりですか？」

「ちょっと興味深い事実を発見したものですから」

「興味深い事実っていいますと？」

「まだはっきりとは分かりませんが、ひょっとすると、重大な発見かもしれないのです……そうだ、藤本さんにも一緒に見ていただくといいですね」

「あの、重大な発見って……」

紅子はたちまちビビってしまった。何か事件に関わる発見だったりしたら、たまったものではない。

浅見は左右に気を配った。通路の真ん中のようなところだ、しょっちゅう人通りがあって、内緒話にはあまり適しない。

紅子のほうもそれと察して、ロビーの少し引っ込んだあたりまで行った。

「じつはですね、このあいだ金沢八景の称名寺というお寺の裏山で、変死事件があったでしょう」

浅見は声のトーンを抑えて言った。

「ああ、東京の商事会社の人が自殺したっていう、あれですね？」

「そうです、あの事件です。それで、僕はけさ、称名寺へ行ってきたのです。裏山に登って、事件現場をこの目で見て……八角堂というのがありましてね」

「知ってますよ、称名寺なら」

紅子は少しじれったそうに、話の先を催促した。

「それから山の裏手に下りてみたのです。そうしたら、そこはなんと、昨日、ここで見せてもらったビデオに出てきた街じゃないですか。ほら、山名めぐみさんが、紳士にインタビューしようとして、拒否されたビデオがあったでしょう。没になった分です」

「ああ、あれですか……えーと、あれはたしか、西柴……ああ、そうだわ。西柴っていうのは、称名寺の裏手に当たるのかもしれませんね。あれでしょう、真新しい住宅街だったでしょう？」

「ええ、そうでした。現代風の洒落《しゃれ》た住宅が整然と並んでましてね、称名寺の裏山を境に、まったく異質の風景があるんですねえ。なんだか、この世とあの世みたいな感じがして……あ、そんなことはいいのです。それでですね、あのビデオのことを思い出して、これはなんだかおかしいのじゃないか——と気がついたのです」

「おかしいって、何がですか？」

「えっ？　おかしいとは思いませんか？　だって、ビデオ録《ど》りした前日の夜、すぐ隣りの山の上で変死事件があったのですよ。しかも、今度はその山名さんが殺されたのですからね」

「えっ……」

紅子は小さく叫んでしまった。それから慌てて周囲を気にした。そろそろ昼食の時間だ。このロビーは満員になる。

「じゃ、とにかく編集室に行きましょう」

紅子は浅見の腕を引っ張るようにして、編集室に入った。

「それじゃ、浅見さんは、その二つの事件が繫《つな》がっているって、そう言いたいわけなんですか？」

「そんなこと、まだ分かりませんよ」

浅見は目を丸くして紅子を見た。

「ただ、そういう、つまり、何ていうか、まったく無関係みたいな二つの事件で、それぞれ変死を遂げた二人がですよ、あの場所で大接近をしているっていうことが、とても不思議だとは思いませんか？　場所が場所だけに、なんだか因縁めいていて面白いと……あ、いや、面白いと言っても、そういう意味でなくですね、興味を惹《ひ》かれるとか、そういう意味ですよ」

「呆《あき》れた……」

紅子は浅見の弁明にもかかわらず、腹が立った。

「よくそんな興味本位なことが言えますね。かりにも二人の人が亡くなったんですよ。メグがあんなことになって、私たちがショックを受けているっていうのに……」

「はあ、すみません」

浅見は素直に謝った。

「つい大発見に興奮してしまって……テレビのレポーターじゃないのだから、喜んではいけないのでした」

言ってから「あ、いけね」と気がついた。

「ここはテレビ局でしたっけ……」

「いいんですよ、あなたの言うとおりだわ」

紅子は苦笑した。

「考えてみると、面白半分の取材は、マスコミがみんなそうみたいなものですものね。うちの局は違うけど、マスコミの一員として、あなたのこと悪くは言えないわ」

紅子は立って、「じゃあ、あのテープ、借りてきますから」と言った。

編集室を出たところで、小林とバッタリ出会った。見たことのない人相の悪い男が脇についていた。後ろにもう一人、見知らぬ顔があった。

「おはよう」

反射的に、紅子は声をかけた。

「おはよう」

小林は笑いかけたが、頬がかすかに緩んだだけで、表情が凍りついたようにこわばったままになった。

「どこへ?」

「ちょっとね……あとはよろしく」

紅子はガーンと頭を殴られたような気がした。

小林は振り返らずに、ロビーを抜けて行った。三人が通り過ぎたあとから、少し間を空けて制作部のスタッフが数人、不安そうにやってきた。

「紅子さん、知ってる? 小林ちゃんが警察に逮捕されたんだ」

「ばか、逮捕じゃねえだろ、ただの任意出頭だよ」

「似たようなものじゃないの?」

「ばか、ぜんぜん違うよ」

紅子はいたたまれずに、その場を離れた。ついに来るべきものが来たのだ——という気がした。『TVグラフィック24』の終焉《しゅうえん》がもうすぐやってくる。

ふいに涙が溢《あふ》れてきた。紅子は慌ててトイレに飛び込んだ。

編集室に戻ると、浅見は一人つくねんと考えごとをしていた様子だった。紅子が入って行っても、チラッと視線を送っただけで、また考えに耽《ふけ》っている。

紅子は、泣いた目を見られないように、なるべく顔をそむけながらテープをセッティングした。

「じゃあ、流しますよ」

紅子が言うと、ようやく浅見はモニターの画面に注目した。

西柴の問題の部分は、インタビューの途中でカットしているので、せいぜい五分程度の映像だった。

ＢＭＷを降りた紳士が、画面の手前にやって来る。

山名めぐみが紳士に近づいて、「ちょっとお尋ねしますが」と声をかける。

紳士はめぐみに笑顔を向けた。

「あの、赤い靴の童謡、ご存じですよね」

「うん」

「その赤い靴はいてた女の子は、いったいどこへ行ったか、知りませんか？」

「ここです！」

浅見は叫んだ。

紳士は急に表情を変えた。いままで浮かべていた微笑を引っ込め、代わりに険悪な目つきがめぐみを刺すように見た。

「あんた、誰？」

低い声だった。めぐみの胸元にあるワイヤレスマイクが、かろうじて音を拾ったという感じだ。

「私は山名めぐみっていいますけど」

めぐみは困ったように答えた。こういう反応にぶつかるとは予測していなかったにちがいない。

紳士はじっとめぐみを見つめ、急に回れ右をして、足早にＢＭＷに戻った。ＢＭＷはあっというまに走り去った。

めぐみはあっけに取られた顔をこっちに向けて、笑い出しながら、「だめだめ」と手を振ってから、その手を交錯させて大きな×印を作った。

ビデオの画面は崩れ、べつの場面に変わった。

（もう、あの笑顔は見られないのね――）

紅子はふっと、込み上げるものがあって、ハンカチで目頭を押えた。

「さっきの場面、もう一度戻してください」

浅見は言った。憎らしいほど冷静な口調であった。

ふたたび紳士が車を降りてくる場面に戻った。

「そこで止めて」

映像がストップすると、浅見はモニターに顔を近づけた。

「品川ナンバーですね」

「は？」

「ほら、この車ですよ。あまりはっきりしないけど、品川ナンバーです」

「あら、ほんと、地元の人じゃなかったんですね」

浅見はＢＭＷのナンバーをメモした。

「この男の顔、スチール写真になりませんかね」

「それはたぶん、できると思いますよ。あとで技術に頼んでおきます」

紅子はしだいに、この憎らしい青年に、それこそ興味を惹かれていった。

「それにしても、この男はなんだってあんなに怒ったんですかねえ？……」

停止したままの画面を見つめて、浅見は呟《つぶや》いた。

「そうね、何が気に障ったのかしら？」

「はじめは好意的な感じだったのに、途中からふいに怒りだしたっていう感じでした」

「そうですね、メグが質問したとたんでしたよね。テレビのインタビューが嫌いだったのかしら？」

「いや、それは違いますね。もしそうなら、カメラの場所だとか、周囲を見回しそうなものです」

「そうですねえ」

紅子は浅見の意見に、どんどん同調している自分に気づいて、少し気がさした。

「この男は、山名さんが『赤い靴はいてた女の子は、いったいどこへ行ったか、知りませんか？』と訊《き》いた瞬間、怒りだしたとしか思えませんでしたよ」

「もう一度、見ましょう」

紅子は浅見が言う前に、ビデオを操作していた。

やはり浅見の指摘したとおりだった。紳士の怒りは、めぐみの質問に対するものだったとしか思えなかった。

「何なのかしら？……」

紅子は、漠然とした不安を感じながら、浅見を見返った。浅見はいままで見せたことのない、怖い目をして、じっと考えに耽っていた。

3

浅見の推理は、ほとんどの場合、仮説から始まるといっていい。できるだけ多くの仮説を想定しておいて、その中から、絶対に現実の状況にそぐわないものだけを消去してゆく──というやり方だ。

警察の捜査は、まず豊富な事実関係（現場の状況や遺留品、聞き込み等による情報）の収集と分析が基本になるのだが、浅見のような、情報や物証を手に入れることができない素人探偵としては、警察と同じことをやっていてもしようがない。なけなしの乏しい情報から、とんでもないような仮説をでっち上げなければならない場合がほとんどだ。

一つの事実から、どれだけの仮説が想定できるか──が、素人探偵の能力を測る物差しといえるかもしれない。

それとも一つ、素人探偵が警察を出し抜くことができるとすれば、それは、警察の気づかないところで点数を稼ぐ以外にない。

「藤本さん」と、浅見はふいに紅子を見て、言った。

「警察はこのテープを、まだ見ていないのですか？」

「えっ？　ええ、もちろん見ていません」

紅子はびっくりして答えた。

「警察は横浜テレビに来て、いろいろ事情聴取をしていったのでしょう?」

「そうですけど……第一、こんなテープがあるなんていうこと自体、警察は知りませんもの」

「なるほど。しかし、山名さんが殺される前に、どういうことがあったかぐらい、少し気を入れて調べそうなものなのに……」

「はあ……」

紅子は頷《うなず》いたが、首をひねった。

「でも、警察がこのビデオを見たとしても、はたして何か感じるかどうかは疑問じゃないかしら?」

「うーん……それはそうですがねえ」

たしかに紅子の言うとおりではあった。

山名めぐみが、紳士にインタビューをして怒らせた——などという出来事を、警察が重視するとは、まったく思えない。

いわんや、まさかそれが殺人事件につながっているなどとは考えないのが、警察という組織の体質である。

「警察ばかりじゃありませんよ」

紅子は、べつに警察の肩を持つわけではないが、言った。

「現実に、私たちだって、何人ものスタッフが、録画したテープのプレビューを見ているわけでしょう。それにもかかわらず、誰一人として、事件後、そのテープの存在を思い出しはしなかったのですものね」

「そうですかねえ……」

浅見は信じられないと思った。

「ほんとですかねえ？　ＢＭＷの紳士が、山名めぐみさんに見せた、あの険しい表情に、何も感じないのですかねえ？」

「そりゃ、あ、怒ってるな——ぐらいのことは分かりますけど、それだけのことですよ。だからって事件に結びつけて考えるなんて、ぜんぜん思いもつかないわ」

「ふーん、そうですかねえ、僕はどうしても引っ掛かるのですがねえ」

「どう引っ掛かるのですか？」

「分かりませんが……勘ていうのかな、そういうの、あるでしょう？　なんだか分からないが気になるっていうの」

「それはまあ、あるかもしれませんけど……」

「それですよ。そんなふうにひっかかりを感じた以上、もはや素通りはできないのが、僕の体質なのかもしれませんね。たとえば、禁酒三日目のアル中男が、冬の夜道で、赤提灯《あかちょうちん》の前にさしかかったようなものです」

「あははは……」

紅子は思わず笑った。笑いながら、（あら、笑っちゃった——）と思った。不謹慎を恥じる気持ちで、すぐに真顔に戻った。

「とにかくですね、あの紳士はなぜ怒ったのか？——これは、きわめて興味ある命題といっていいと思いますよ」

浅見は強調した。

「だってあれでしょう、あんなに陽気でキュートで、もちろん、なかなかの美人でもある山名めぐみさんに声をかけられて、気分を悪くする男なんて、そうザラにはいませんからね。現に、あの紳士だって、最初は優しく微笑み返していたではありませんか」

「そうですよね、そんな感じでしたよね」

「そうですとも、それなのに、めぐみさんが投げかけた、あのケッタイな質問を聞いたとたん、まるで君子豹変《ひょうへん》したみたいに怒り狂ったのですからね」

浅見は腕組みをして、もったいぶった口調で言った。

「いったい、何が彼を怒らせたのかなあ？　ビデオに映っていたあの紳士の表情が、微笑から憤怒《ふんぬ》に変化するまで、ほんの十秒か十五秒か……ぐらいなものでしょう。その間にめぐみさんが発した言葉は、それほど多くはないのですよね」

浅見は腕組みを解いて、メモ用紙を出し、めぐみのインタビューの言葉を書き出してみた。

赤い靴はいてた女の子は、いったいどこへ行ったか、知りませんか？

「この中で、あの紳士を怒らせそうな単語といえば……」

浅見はまず、「知りませんか？」という部分を線で抹消した。

「この質問それ自体には、べつに罪はなさそうですよね。『いったい』という副詞も特別な意味はないし」

その部分も消した。

「となると、『赤い靴をはいてた女の子は』というのと『どこへ行ったか』という、この二つのフレーズだけが残りますね。つまり『赤い靴はいてた女の子は、どこへ行ったか』ですか」

「ほんと……」

紅子も、そこから重大な意味が生まれてきそうな予感がして、無意識に身を乗り出していた。

「それにしても、この質問を受けて、あの紳士はなぜ怒らなければならなかったのですかねえ？　この質問のどこに、紳士をして憤怒させるような要素があるというのでしょうかねえ？……」

浅見は、モニターに映りっぱなしの紳士を睨《にら》みつけて、言った。

「まして、そのことがきっかけで山名さんを殺したとなると、いったいどういうことですかねえ？」

「えっ？　じゃあ、浅見さんはメグを殺したのは小林さんでは……」

紅子は「あっ」と口を押えた。

「えっ？」

浅見は紅子の失言を聞き逃さなかった。

「どうして……藤本さんはどうしてそのことを？」

「…………」

紅子は視線を逸《そ》らした。

「誰かに聞いたのですか」

「いえ、そういうわけじゃないですけど……あの、さっき、小林さん、警察に連行されたみたいなんです」

「連行？……逮捕ですか？　任意ですか？」

「任意だとか言ってました」

「言ってたって、誰がですか？」

「みんながです。制作部の連中がそう言ってました」

「そうですか……そこまできてしまいましたか」

浅見は残念そうに首を振って、「しかし、やむをえないでしょうね」と言った。

「じゃあ、浅見さんはそのこと、知っていたんですか？」

「ええ、小林さんに聞いてましたからね」

「小林さんに？　でも、どうして小林さんが浅見さんに？」

「それはあれですよ、ほら、望郷亭でみなさんと一緒になったとき、僕が大きな口を叩《たた》いたでしょう。あれは小林さんを釣り出す作戦だったのです。もっとも、最初から小林さんが怪しいなんて思っていたわけじゃありませんけどね。ひょっとすると、宮田さんかなとも思いましたが、じきに様子で、小林さんだと分かりました」

「じゃあ、やっぱり、小林さんが犯人なんですか？」

「いや、そうではなく、今度の事件で苦しい立場に立ってしまって、僕に相談したくなる人は——という意味です。案の定、そのあとすぐに、小林さんがホテルに訪ねてきましたよ」

「そうだったんですか……」

紅子は唖然《あぜん》としてしまった。あのとき、浅見の演説めいた口調を聞いて、なんというお調子者——と冷笑していたのが、恥ずかしくなった。

「あの……」と、紅子は逡巡《しゅんじゅん》しながら、訊《き》いた。

「最初、宮田先生を疑ったっていうの、それはどうしてですか？」

「ああ、それですか……」

浅見は苦笑した。

「あの先生はあまりにも魅力的ですからね、女性なら、大抵は憧《あこが》れるだろうな——と、ごく単純にそう思っただけです。警察が小林さんを疑っているのは、要するに小林さんが山名さんと親しい関係にあったことと、その時刻のアリバイがないという、この二つの点ですからね。それが宮田さんだったとしても、何の不思議もないわけです。むしろ宮田さんのほうが男性的な魅力があるのじゃないですかねえ。あなたなら、迷うことなく宮田さんのほうでしょう」

「えっ、私が？ 嘘ですよ、そんなの。そんなこと、考えたこともないわ」

紅子はムキになって否定した。顔が赤くなっているのが分かった。

「ははは、冗談です。気に障ったら許してください」

浅見はあっさり笑って、ふたたび視線をさっきのメモに戻した。

「ところで、この言葉から連想されるものと言ったら、誰でも真っ先に考えつくのは、誘拐――ですよね」

「えっ、誘拐？」

「そう、誘拐です。どこかで赤い靴をはいていた女の子が誘拐されるという事件が発生していて、紳士はその犯人か一味だったのかもしれない」

「ほんとですか⁉」

紅子はまた驚かされた。

「ははは、そんなに怖い顔をしないでください。たとえば、の話ですから。僕はこうやって、とんでもない仮説を作るのが得意なんです」

「でも、誘拐って、現実にあり得ることでしょう」

「それはそうですよね。もしこの仮説が当たっていたとすると、山名さんのあのときの質問は、脛《すね》に傷持つ犯人にとっては、グサリと心臓を刺されたようなショックだったでしょうね。単に『女の子』と言われただけでも、怒り狂ったかどうかはともかく、相当にいやな気分がしたにちがいない。そこへもってきて、誘拐した女の子が『赤い靴』をはいていたとなったら、これはもう、怒りを通り越して、恐怖そのものですよ」

「ほんとだわ……」

紅子は深刻な気分に陥った。

「ほんとに、メグは誘拐の目撃者と勘違いされたのかもしれませんよね」

そう言ってから、「はっ」となった。

「誘拐事件といえば、埼玉県の入間川《いるまがわ》沿いの地域で、幼女誘拐殺害事件が連続して起きているけど、まさか、その事件じゃないでしょうね」

「さあ、どうですかねえ。誘拐された、何人かの被害者のいずれかが、『赤い靴』をはいていたということがあるのでしょうか？」

「さあ？……」

浅見も紅子も、そういう事実があるのかどうかは分からなかった。

「もし、あの紳士風の男が、入間川の誘拐事件の犯人だったとすれば、メグを襲って殺害したことだって、考えられるわ」

紅子はやや興奮ぎみに言った。

「そうじゃありません？」

「さあ……」

浅見は首をひねった。

「その可能性もないわけではありませんが、しかし、ここは横浜ですよ。しかも西柴は横浜市のもっとも南のはずれでしょう。どう考えてみても、埼玉県の入間川と、結びつく要素は何もありませんからねえ」

「でも、それこそ浅見さんの得意な仮説を作れば、そういうことだって考えてもいいんじゃありません？」

「まあ、それもそうですね。一応、念のために、誘拐された幼女の靴の色を、確かめてみましょうか」

「確かめるって、どうやって確かめるんですか？」

「え？　ああ、それはね、いろいろ方法があるものです。蛇《じゃ》の道はヘビというやつですよ」

浅見は曖昧《あいまい》に言って、ニッコリ笑いながら立ち上がった。

「これからホテルに戻って、その蛇の道に連絡を取ってみます」

「じゃあ、まだ横浜に滞在するんですか？」

「ええ、ほんとうは今朝チェックアウトする予定でしたが、こうなったら腰を据えるっきゃありません。ちょっと痛いですけどね」

浅見はブルゾンの内ポケットを、おどけた仕草で覗《のぞ》き込んだ。本人は半分以上、切実にそう思っているのだが、はたから見ていると、そういうところが、まったく憎めない雰囲気を感じさせる男だ。

4

浅見は横浜テレビを出ると、またホテルに戻って、もういちどチェックインのやり直しをした。

フロントは浅見の顔を見ると、恐縮して言った。

「あ、浅見様、さきほど浜路様とおっしゃる方からお電話がございまして、すでにご出発されたと申し上げたのですが」

「そう、どうもありがとう」

何だろう――と、浅見は、浜路智子のひたむきに思いつめたような、青白い顔を思い浮かべた。

部屋に入ると、浅見はまず赤坂署の堀越部長刑事に電話した。

「あ、浅見さん、しばらくです」

堀越は嬉《うれ》しそうな声を出した。「津軽殺人事件」以来、ひさびさに聞く声だ。いかつい顔と同様、声もがさつだが、人の好さがしみてくる。

浅見は堀越に、二つの調査を依頼した。

「まず一つは、入間川の連続誘拐事件の少女たちが、赤い靴をはいていなかったかどうか、調べてほしいのです」

「はあ……」

堀越は「妙な注文ですな」と訝《いぶか》しがったが、すぐに調べると言ってくれた。

「それと、もう一つは、このナンバーの車の持ち主を調べてください」

浅見は紳士のBMWのナンバーを言った。

それから十分後、堀越からの回答がもたらされた。

「埼玉県警に聞いてみましたが、赤い靴は誰もはいていなかったそうです」

堀越はそう言って、浅見の目的をしきりに知りたがった。

「いまは教えられませんよ」

浅見は笑いを含んだ口調で言った。

「それから、品川ナンバーの車の持ち主はどうなりました？」

「ああ、そっちのほうですね、えーと、渋谷区松濤《しょうとう》○丁目——の大迫良介《おおさこりょうすけ》という人でした」

「松濤ですか……高級邸宅街ですね」

「そうですなあ、われわれには縁のないところです。で、その人物を洗ってみましょうか？」

「いえ、そこまでやっていただいては申し訳ないです」

「なに、構いませんよ」

堀越はそう言ってくれるが、さすがに浅見はそれは固辞して、いずれまたと言って電話を切った。

(違うのか——)

どうやら「赤い靴」は入間川の誘拐事件とは関係がないらしい。せっかくの着想だが、浅見はそのセンは思い切って捨てることにした。

といっても「赤い靴をはいた女の子」そのものを見限ったわけではない。あの紳士がその言葉に強く反応したのはまぎれもない事実なのだ。まったくべつの誘拐事件がある可能性だって、ある。

しかし浅見はむしろ、八角堂の「自殺者」との関わりが気になってならなかった。

そのこだわりもまた、警察と違って、「自殺」を否定するところから発想が始まっている。

「自殺者」がじつは「他殺者」であったとしたら——あの紳士は、事件のおよそ一日半後に、現場から直線距離にして二、三百メートルの地点にいたことになる。

常識的に言っても、警察がその人物に無関心でいるはずがないのだ。だのに警察は、これまた、ごく常識的に、浜路恵一の死を自殺と断定してしまったらしい。

「まあ、いいか……」

浅見は独り言を呟《つぶや》いて、ふたたび受話器を握った。

浜路智子は、浅見の名を聞くと「あらっ」と小さく叫んだ。

「私さっき、横浜のホテルに電話したんですよね。そしたら浅見さん、もうチェックアウトされたあとだって……それで、あの名刺の電話番号におかけしたんですけど、あの、なんだかご迷惑みたいで……」

智子は早口で言って、最後は少し言い淀《よど》んでいる。

「何か言われましたか?」

浅見は気になって、訊《き》いた。

「ええ、奥様のお声が、なんとなくおこっていらっしゃるみたいで……」

「えっ? 僕には奥さんなんていませんよ」

「えっ? ほんとですか?」

「ええ、それはたぶんお手伝いの須美子《すみこ》でしょう。もっとも、僕にとってはおふくろの次に恐ろしい存在ですけどね」

「そうなんですか?……」

智子は気の毒そうに言った。

「じゃあ、いつもあんなふうに、きつい声で叱られたりしているんですか」

「えっ? はあ、まあそんなところです」

浅見は（やれやれ——）と思った。須美子は若い女性からの電話というと、どういうわけか性格が一変——というより、本性がモロに出てしまう。声のトーンが確実に五度は高くなるのだ。

「あの、それで、僕に何か？」

「ええ、じつは、あれから父の遺品を整理しながら、何か手掛かりになるようなものはないか、探しているのですけど、そうしたら、横浜に関係したメモが出てきたんです。それで、浅見さんにお知らせしたくて」

「横浜に関係したメモというと？」

「父は横浜になんか行ったことがないみたいだったでしょう。母もそう言ってますし、警察もだから、土地鑑ていうんですか？　そういうの、ぜんぜんないから、どうしてあんなところへ行ったのか不思議だって……それなのに、横浜に関係するメモがあるから、変だなと思ったんです」

「なるほど……それは古いメモなんですか？」

「いえ、最近のものです。亡くなる二日前です」

「えっ、二日前？……どうして分かるのですか？」

「だって、手帳に書いてあったんですもの。この手帳は今年のものですから、少なくとも四カ月以内に書かれたものであることは間違いありませんよ」

「なるほど、きわめて論理的ですね」

浅見は褒めた。

智子が父親の死に対する悲しみは悲しみとして、「自殺」という不名誉な烙印《らくいん》を押されて片づけられることに、健気《けなげ》に抵抗していることが、痛いほど分かった。

「ところで、そのメモには何て書いてあったのですか？」

「外人墓地のことが書いてあります」

智子はスーッと遠のくような声になって言った。

「外人墓地？」

「ええ、『外人墓地の門から北へ百歩』って、そう書いてあるんです」

「外人墓地の門から北へ百歩……」

浅見は復唱しながら、港の見える丘公園から外人墓地へ行く、あの明るい、尾根伝いの道の風景を思い浮かべた。

小さな、ヨーロッパ風の、洒落《しゃれ》た喫茶店があって、若い女性が窓辺でコーヒーを啜《すす》っていた。それが外人墓地の門の前付近といってよさそうだ。

そこから北へ百歩というと、どのあたりになるのだろう？——。

「あの、それ以外には何か書いてありませんか？」

浅見は訊いた。

「ええ、何も」

智子は申し訳なさそうに言った。それから、浅見の関心が逃げてしまうのを恐れるように、急《せ》きこんで喋《しゃべ》った。

「でも、それまで父は、横浜にはぜんぜん関係がないって思われていたでしょう。最近は行ったこともないらしいって。ですからね、こんなメモがあるなんて、父が横浜で死んだことに匹敵するくらい、不思議なことだと思うんですよね。違いますか？」

「いや、違いませんよ、あなたの言うとおりだと思いますよ」

浅見は優しい口調で言った。

「ほんとですか？　ほんとにそう思ってくださるんですか？」

「ええ、ほんとにそう思います。あなたがそのメモを発見した努力に対して、敬意を表したいですね」

「嬉《うれ》しい！……」

智子はグッと胸に詰まるものを生じたらしい。そう言ったきり、おし黙った。

「そのメモのとおりに、外人墓地から北へ百歩のところに何があるのか、行って調べてみることにしますよ」

浅見が言ったが、智子は「はい」とつぶれたような声を出したものの、つづく言葉がなかった。受話器を遠ざけ、洟《はな》をすする音が聞こえた。

「ところで」と、浅見はそういう智子を励ますように、乾燥した声で言った。

「浜路さん、大迫良介という人物の名前を知りませんか？」

「大迫さんですか？　大迫良介……」

「渋谷の松濤に住んでいる人ですが」

「松濤には、知人はいませんけど……」

しばらく考えてから、智子は「知りませんねえ、聞いたことがありませんけど」と言った。

「そうですか」

「その人、何なのですか？」

「いや、べつに関係はないと思います。ただ、たまたま出てきた名前ですから」

「父の関係ですか？」

智子は食いつくような口調で言った。いまはそうして、何に対しても、父親の「事件」との関わりを想像してしまうのだろう。

浅見は余計なことを言ってしまった——と後悔した。

「いや、そういうことではないのです。気にしないでください」

それでは——と、浅見は、少し邪険に思えるほどあっけなく、電話を切った。

第五章　外人墓地の謎

1

智子は時間が経つにつれて、加速度的にショックから立ち直りつつあった。葬儀がすんで、それに付随したゴタゴタが片づいてゆく過程で、父の死という、生まれて以来の最大のアクシデントに対する心構えというか、これから先、どう生きてゆけばいいのかというようなことへ、少しずつ気持ちが傾斜してゆくのが分かった。

しかし、母親の寿子はそうはいかないらしい。むしろ、葬儀を終えるまでは気を張っていたのが、終わったとたん、プッツンと糸が切れたように、放心状態に陥った様子で、それが智子には心配の種であった。

「パパには、いろいろしたいことがあったのにねえ……」

寿子は思い出しては、智子にそれを言う。夫は定年後の人生を楽しみにしていたというのである。

そのことは智子も知っている。父親の恵一は、会社を辞めたら鉄道評論家になる――と言って、張り切っていた。恵一は子供のときから鉄道マニアで、大人になったら機関車の設計をやりたいと夢見ていたのだそうだ。

学校を出たころは、きびしい就職難時代だったから、こと志と異なり、商事会社の、それも庶務関係の仕事に就いて、平凡なサラリーマン生活を送ることになってしまった。しかし、機関車への熱き想いは冷めることはなかったらしい。自分の部屋には、人にはめったに見せない秘密の「オモチャ箱」と称するものがあって、そこに大量の資料を仕舞ってあるのを、智子は何度か見せてもらった。

デゴイチだとかC62だとか、さまざまな機関車の写真などがぎっしり詰まっていて、それを得意になって解説するのだった。

男の子ならともかく、女の子の智子にそういう機械物への興味を期待するほうが無理というものだ。智子は父親の熱意の十分の一も好意的な反応を示すことがなかった。やがて恵一は自分の趣味や夢を家族に語ることも諦《あきら》め、ひそかに定年後の再出発に夢を描いていたらしい。

三十何年間、無遅刻無欠勤、会社に忠実なだけが取柄の会社人間だった父親のそういう部分は、智子はあまり好きではなかった。それよりも、デゴイチがいかに勇者のごとく力強かったかだとか、C62がいかに画期的な傑作であったかを、少年のようにキラキラした瞳《ひとみ》で語っていた父親が、ほんとうの父親の姿だったような気がする。

いまにして思えば、そういう父親の相手を、もう少し上手にしてあげればよかったと、悔やまれてならない。

それにしても、その真面目人間であるはずの父親が、なんという謎に満ちた最期を遂げたのだろう——。

警察は「中間管理職の悩み」と、自殺の原因を説明している。だけど、あの父親にかぎって、絶対にそんなことはあり得ないのだ。警察はいったい、何を根拠にそういう考えを打ち出したのだろう？

（会社が？——）

会社の上司か同僚が、警察に対してそういう心証を与えるような材料を提供したのだろうか。

（そういえば——）と、智子は会社の人間が葬式以後、まったく浜路家にやって来ていないことに気がついた。そのことを母親に言うと、「そりゃ、会社だって忙しいでしょう」と割り切ったことを言う。そのくせ、寂しそうな表情は隠しようがない。

「いくら忙しいか知らないけど、おかしいわよ。松井さんなんか、ときどきお邪魔しますとか、調子のいいこと言ってたじゃない」

横浜へ一緒に遺体の確認に行った、若い部下のことを憤慨した。

「そうは言ってもね、会社って、そういうところなのよ」

「そういうところって、どういうところなの？」

「つまりね、パパはもう、過去の人になったっていうわけ」

「あ、そうなの。じゃあ、あの人たちは、うちなんかに来たって、何のメリットもないから、ぜんぜん見向きもしないってこと？」

「そういうものよ」

溜息《ためいき》まじりに言ってから、寿子は急に思いついたように智子の顔を見て、言った。

「智子、まさか松井さんのこと……」

「松井さん？　何よ、やだママ、何考えてるのよ、ばかみたい」

智子は笑い飛ばした。しかし、心のどこかで、ズキンと痛むものはあった。

松井は浜路家に来る父の部下の中では、出色といってよかった。年齢も、智子より四つ年上の二十七歳。唯一の独身男性だったせいもあって、智子を含め、浜路一家としては、特別な目で彼を見ていたということはあったかもしれない。

「松井さんのことなんか、べつにどうってことないけど、でも、あの人ぐらいは、もう少し親身になって、うちの面倒見てくれるかと思ってはいたわね」

智子は憤懣《ふんまん》の持ってゆき場所を見つけたような気がして、そう言った。

「そうはいかないものよ、所詮《しょせん》はサラリーマンなんだから」

寿子は万事につけて、退嬰的《たいえいてき》な方向でものを判断してしまう。

「所詮はサラリーマンか……」

それは、同じサラリーウーマンである智子も認めないわけにはいかなかった。智子の勤め先にも、それほどの俊英がいるとも思えない。若いに任せて、元気のいいことを言っているようでも、いざ会社や上司に逆らうかどうかの瀬戸際になると、腰くだけになる連中ばかりだった。

浅見という男のことが、ふっと頭に浮かぶ。フリーライターだそうだから、文字どおりの一匹オオカミということなのだろう。

経済的に不安定で、人柄だってなんだか頼りないような感じがしたけれど、どことなく惹《ひ》かれるものがあった。

それは、ひょっとすると、父親にはなかった、一種の無頼性のようなものに対する憧《あこが》れなのかもしれない。

（だけどあの人、パパの事件のこと調べて、何になるのかしら？――）

時折り、ふっと、その疑問が脳裏をよぎる。経済的にさほど余裕があるとは思えない浅見が、少し過剰なほどに事件にのめり込んでいるのは、なぜなのだろう？

松井に対しては「もう少し面倒を……」と言っている同じ頭で、浅見の無償の好意に対しては「なぜ？」と疑問を感じてしまう。その矛盾に気づいて、智子は自分もまた、父親や松井と同様、管理社会の人間なのだなあ――と思うのだった。

その松井が思いがけなく、前触れもなしに訪ねてきた。

「課長のデスクの中にあった物を、お届けに上がりました」

そう思って見るせいか、松井は以前より、どことなく他人行儀な態度になっていた。

それでも、人が訪れるというのは、嬉《うれ》しいものである。浜路母娘は松井を歓迎して、夕食を一緒に——と勧めた。松井は独身のアパート暮らしだし、月のなかばを過ぎたいまごろは、喜んでくれるだろう——と寿子などは思った。

「いえ、私は約束がありますので」

松井は固辞して、結局、それではお茶だけでも——ということになった。

やはりもう、父親は過去の人間なのだなあ——と、智子はつくづく思い知ったような、白けた気分であった。

「会社ではみなさん、父の今度のこと、どう言ってらっしゃるんですか？」

智子は訊《き》いてみた。

松井は困った顔をして、

「どう……って言いますと？」

と問い返した。

「たとえば、あれは自殺だとか、殺されたのじゃないかとか、そういう話題は出ないのですか？」

「そう……ですね……出ないといえば嘘になりますが……正直言って、浜路課長が自殺されるとは、信じられないというのが、われわれの気持ちです」

「われわれって、会社の上のほうの人たちも含めてっていう意味ですか？」

「ええ、もちろんそうだと思いますけど……どうしてそんなことを訊くのです？」

「だって、もし会社の人がみなさん、そういうご意見だとしたら、警察が父の死は自殺だなんて、こんなにあっさり決めてしまうのはおかしいと思うのですよね。母だって私だって、自殺なんかじゃないって、あんなに強調したのだし、会社の人たちがそうおっしゃったのだとすると、警察は関係者の言うことをちっとも聞かなかったことになるんじゃありませんか？」

「はあ……」

松井は眉《まゆ》をひそめた。「そう言われても困る——」と言いたいにちがいない。

「だから、私はきっと、会社の誰か、部長さんだとか重役さんだとかが、警察の質問に対して、はっきり自殺を証明するようなことを、何かおっしゃったのだと思うんです」

「…………」

松井は固い表情で、何も言わなかったが、かすかに気持ちが動いたのを感じさせるような、目の動きを見せた。

「もしそうだとしたら、いったいどなたが、どういうことをおっしゃったのか、ぜひ聞かせていただきたいのです」

寿子がコーヒーを運んできて、

「そんなきついことを言うものではありませんよ」

と窘《たしな》めた。

智子もそうは思った。そうは思ったけれど、この際、言うだけのことは言わないと、永久に、父の会社の誰にも、このやりきれない想いは伝わらないままになってしまう——と思ったのだ。

「そうですね、たしかにお嬢さんの言われるとおりかもしれませんね。私たちの知らないことで、何か自殺の原因になるようなものがあったのかもしれませんし……」

「そんなの……」

思わず智子は口走った。

「いくら会社にそういう原因があって、父が自殺の決意を固めたにしても、私たちに遺書も何もなく、死んでしまうなんて、そんなこと、絶対に考えられませんよ」

「はあ……」

松井は智子の険しい顔つきを見て、すぐに気弱そうに視線をはずし、しばらく俯《うつむ》いていたが、ふっと顔を上げて、言った。

「遺書は、あったみたい、です」

「えっ?……」

母と娘は驚いて松井の顔を見つめ、それからお互いの目を見交わした。

「遺書があったって、それ、どういうことなんですの?」

寿子が急《せ》きこんで、訊いた。聞き捨てならないことであった。

「はあ、これは、会社内での噂で、ほんとは、こちらのお宅では言ってはいけないことかもしれないのですが……噂によると、重役宛の遺書があって、それが警察の判断の決め手になったとかいうことです」

「それ、どういう遺書なんですか？」

「私が聞いたのは、噂のまた噂みたいなもので、はっきりしたことは分かりませんが、たぶん、会社に迷惑をかけたことを申し訳ないとか、そういうことだと思います」

「だったら、そのこと、どうして私たち家族に教えてくれないのですか？」

寿子は、そこにいるのが会社の上層部の人間でもあるかのように、噛《か》みつきそうな顔で言った。

「それはきっと、課長のご遺族のためを思って――ということではないでしょうか。よく分かりませんが」

「私たちのためって……それ、どういう意味ですか？」

「つまり、課長の名誉に関わる問題であるとか、ですね、そういう内容を含んでいるので、公表するようなことは避けたいとか、そういうことではないでしょうか」

「浜路の名誉……」

寿子は気負い込んだものが、スーッと抜けてしまったように、ソファーの上にへたり込んだ。

気まずい時間が流れた。

松井は申し訳程度にコーヒーに口をつけて、席を立った。

「どうも失礼しました」

松井が挨拶《あいさつ》しても、寿子はわずかに頭を下げただけで、立ち上がろうともしなかった。

代わりに智子が玄関まで、松井を送った。

「どうぞ、お力を落とさないように、頑張ってください」

松井は型どおりに挨拶して、ドアを出かかった。

そのとき、智子はふと思い出して、訊いてみた。

「松井さん、大迫さんていう人、知りませんか？　大迫良介っていうんですけど」

「大迫良介？……」

松井は振り返った。

「そういえば、どこかで聞いたような気がしますけど……だけどその方は、どういう人なんですか？　ご親戚《しんせき》か何か？」

「いいえ、そうじゃなくて、ただそういう名前の人のこと……ちょっとした知り合いの人から聞いた話なんです」

「ふーん……」

松井は少し不審な色を見せたが、すぐにべつのほうへ思案が向いたらしい。

「大迫良介……ですか。珍しい名前ですよねえ……どこかで聞いたような気がしますけどねえ……」

「松濤に住んでいるみたいです」

「松濤？　いいところに住んでいるんですねえ……」

松井はしばらく考えていたが、結局、思いつくところまではいかなかった。

「ひょっとすると知っている人かもしれません。思い出したら、お電話しますよ」

そう言って帰っていった。

2

外人墓地は元町のすぐ裏手の丘にあるけれど、地番表示でいうと山手町の中にある。

山手町というのは、名前のとおり、横浜市の中心街を見下ろす丘陵地帯の町である。丘陵は海岸線近くから立ち上がって、横浜の市街地を取り囲むように、南へさらに東へと連なっている。

丘陵の尾根伝いにうねうねと続く道路沿いに、地方気象台、フェリス女学院、横浜雙葉《ふたば》学園、横浜女子商業学園、横浜学院女子中学・高校、横浜共立学園等々が並ぶ。

このほかにも公立の小中学校、幼稚園、教会、外国語学校などが密集している。大佛次郎記念館、神奈川近代文学館、岩崎《いわさき》博物館なども山手町にある。

山手町とはつまり、そういう町なのだ。町としては横浜の中でもケタはずれに広大だが、そのほとんどはこのような公共的施設によって占められ、一般住宅は町域の東端のほうに、それこそ超の字がつくような高級邸宅街を形成しているにすぎない。

外人墓地は気象台とフェリス女学院のあいだの西側斜面に展開している。尾根伝いの道路は、墓地の上をゆるやかなカーブを描きながら通る。

車道部分が狭い割りに、歩道をたっぷり取っているので、ここを訪れる観光客には人気がある。

墓地と道路を挟む反対側には、ぽつりぽつりと喫茶店やカフェテラスがある。アーリーアメリカン風の、とんがり屋根の白い建物や、古いガス灯を模した街路灯が、エキゾチックな雰囲気を醸し出す。若い二人連れが散策の途中、立ち寄って、ひっそりと語らいの時間をもつには、またとないオアシスになっている。

外人墓地はかつては真言宗寺院の境内だったところである。

横浜は安政《あんせい》六年（一八五九）に開港されたが、それからまもなく、ロシア使節の護衛として来航中のロシア艦隊所属隊員が二名、尊皇派の暴徒によって殺されるという事件が発生した。

日本政府は、この二人の遺体を埋葬し、墓を築き、永久に保護することをロシア政府に約束した。これが現在もある外人墓地第一号の墓となった。また、有名な生麦事件の遭難者の墓もここにある。

墓地全体の面積はおよそ二万平方メートル。管理は墓地管理委員会の手によってなされている。

ところで、浅見は外人墓地の門前に佇《たたず》んで、考え込んでしまった。

——外人墓地の門から北へ百歩——

浜路智子はそう言っていたが、外人墓地の門から北の方角は、道路一本を隔てて塀が巡らされ、その塀の中は横浜地方気象台の敷地である。「門から北へ百歩」先はたぶん、気象台の庭のどこか——ということになるだろう。

それにしても、塀を越えて、どうやって百歩を歩測することができるのだろう？

いや、かりにその地点を特定するためであるのなら、何もこんな遠い、しかも測定不可能のような起点によらないで、もっと端的に——たとえば気象台の正門から西へ何歩——というような設定をしたほうが、どれほど分かりやすいかしれない。

それとも、わざと分かりにくくしているのだろうか？

そんなことはない——と浅見はすぐに否定した。

浜路恵一のメモは、何者かに指示されたことを、忘れないように、文字どおり覚え書したものと考えていい。

彼はかなり几帳面《きちようめん》な性格であったらしい。小心で、上役の命令には絶対服従するような、典型的なサラリーマンタイプと言ってよさそうだ。どんな些細《ささい》なことでも、空憶えをせずに、かならずメモを取る習慣だったにちがいない。

だとすると、いよいよそのメモの意図するところが分からなくなってくる。浜路は冗談やいたずらで、意味もないことを書き置いたりする人間とも思えないのだ。

浅見はついに諦《あきら》めた。まったく着想が芽生える予感がなかった。

あれほど意気込んでいた智子が、どんなにかがっかりすることだろう——と思うと、なんとか、出ない知恵を振り絞ってみようとは思うのだが、しかし、あまりにも単純すぎる事実を前にしては、さすがの浅見も、サジを投げるほかはなかった。

外人墓地の脇から坂を下り、元町を抜けて橋を渡ると、目の前が横浜テレビの建物である。

浅見は寄ろうか寄るまいか——と少し考えて、結局、素通りすることにした。

鋭角に交差点を左折すると、右側に山下公園の緑がつづく。左側は横浜人形の家、マリンタワー、スターホテル、ホテルニューパレス、ザ・ホテルヨコハマ、県民会館……などが並ぶ横浜でもっとも美しい街路である。

浅見は人形の家の前で足を止めた。ウインドウの中に飾られた、青い眼の人形が、誘いかけているように見えた。

時計を見ると、閉館まで、まだ少し間があった。

浅見はローレライに魂を奪われた船頭のように、ふらふらと、透明な大きなドアに吸い込まれて行った。

入場券と一緒にもらったパンフレットによると、人形の家は一九八六年の開館で、初代館長は兼高《かねたか》かおる。世界各国の人形、日本各地の人形の展示をするほか、人形に関する情報を収集したり公開したり、人形劇などの催し物も多彩で、活動の範囲は広い。

二階が世界の人形の展示を中心にしたフロアだ。テーマごとに五つのゾーンに分かれている。浅見はそのうちから選んで、西洋のアンティック・ドールの展示室に入った。むろん、「青い眼の人形」が目的である。

館内をそぞろ歩きする客は、ほとんどが女性だ。若い女性が多いのは当然だが、かなりの年配の、おばあさんと言ってもいいような女性も少なくない。それも、お孫さんの手を引いて──というのではなく、独りでゆっくりと、一つ一つの人形に顔を近づけて、何か古きよき時代を懐かしむという風情を感じさせる。

浅見はこれまで、人形に関心を抱いたことはなかった。せいぜい、妹のお雛様《ひなさま》の刀を抜いて振り回し、いやがられた程度が、触れ合いの記憶である。

今度のような事件でもなければ、将来も永久に、人形との親しい付き合いなど、ありそうになかった。

その浅見が、おばあさんと同じように、丹念に人形を眺めて歩いた。

ここには世界じゅうの人形が集められているけれど、浅見の関心は「青い眼をした人形」に集中する。そして、展示してある人形の、かなりの部分が「青い眼」をした、いわゆるフランス人形であった。

当たり前のことのようだが、フランス人形というのは、もともとフランスで製作された人形だからそう呼ぶらしい。のちにドイツなどでも製作されるようになったが、あくまでも原型はフランス製のものを真似たものだから、日本人が十把《じっぱ》ひとからげみたいに「フランス人形」と呼んだって、いっこうに差し支えはなさそうだ。

その点、日本人形はどこから見ても「日本人形」以外の何物でもない。日本で製作されようと、ドイツで作られようと、姿かたちは確かに日本のお嬢さんである。

どこの国にも人形づくりという文化はあったのだが、フランスはとくに抜きん出たセンスと技術があった。さすがに芸術の国というべきだろう。

ところで、浅見は人形の頭や手足などが何でできているのか、知らなかった。というより、これまでは、そんなことを考えてみたこともなかった。

フランス人形の頭部はやきものであった。つまり「瀬戸物」である。それも、単純に焼けばいいというのではなく、「二度焼き」という技法を用いる。液状の粘土を型の中に入れて顔の形を作り、それを高温で焼く。次に彩色を施して低温で焼く。そうすることによって、人間の肌に近い、柔らかな光沢の肌が生まれるというわけだ。

この「二度焼き」というのを、フランス語で「ビス（二度）」「キュ（焼く）」というところから、「ビスク・ドール」と呼び、これがアンティック・ドールの代名詞のように通用している。

浅見にそういう予備知識があったわけではない。マニアのような専門的な興味からではなく、浅見はただひたすら、「ビスク・ドール」たちの蠱惑的《こわくてき》な表情に魅せられていたといっていい。

「お人形がお好きなようですわね」

人形を覗《のぞ》き込んでいるところに、頭のすぐ脇から、いきなり声をかけられて、ギョッとした。人形の声にしてはしわがれているな——と思ったら、さっきから少し先を歩いていた老女の笑った顔が、目の前にあった。

みごとなほどの白髪が美しくカールされている。銀縁の眼鏡の奥に光る目はいくぶん青みがかって、四分の一か八分の一ぐらいは、外国人の血が入っているのかもしれない。頬のあたりはふっくらしているけれど、かといって肥満体というわけでもなさそうだ。女性も上品に歳を取ると、こうなるのかなあ——と思わせるような老女だった。

「はあ、まあ……」

浅見は不意を衝《つ》かれて、どぎまぎしながら、曖昧《あいまい》に答えた。

「どなたのがお好み？　わたくしはやはりジュモウですわね、それもE・J・ジュモウがいちばん」

ジュモウというのは、人形作者の名前である。そのくらいは、展示してある人形の脇にネームカードがあるから、知識はあった。

「僕は、僕はあれですね……そう、アーモンド・マルセルですね」

浅見はとっさに、すぐ近くにあった人形の作者名を読んで、言った。なんとなく美味《うま》そうな名前だったせいでもある。

「おや、まあ、マルセルですの。お珍しいこと」

老女はあまり気にそまないような顔をしている。

「それは、もちろんジュモウは最高ですが」

浅見は慌ててつけ足して、言った。

「しかし、ブリュも悪くはありません」

これもついさっき見たばかりの名前だ。

「そうですわね、ブリュはよろしいわ。何といっても気品がありますもの」

老女は満足してくれたらしい。

「でも、あなたのようなお若い殿方が、お人形にご趣味がおありだなんて、嬉《うれ》しいことですわねえ」

「はあ、いや、しかし僕などは、ただ、きれいだなあと、そう思うだけで、あまり詳しいわけではありませんから」

浅見は気が咎《とが》めて、正直なことを言った。

「結構ではございませんの。それでおよろしいのですわ。きれいだなあとお感じになるところから、まず始まりますざますわよ。そもそも……」

老女が「そもそも」と言ったのと、同じタイミングで、浅見は（やれやれ——）と思っていた。

老女のいれこみ方からいって、話は相当、長くなるのを覚悟しなければならない。しかし、老女は展示品の前を移動しながら喋《しゃべ》るので、時間的にはそうロスしなくてよさそうだった。

それにしても老女はよく喋った。日ごろの、嫁に対する鬱憤《うっぷん》を晴らすかのように、蘊蓄《うんちく》を傾け尽くして語るつもりらしい。

一つ一つの人形、一人一人の作者について、じつに豊富な知識を持っているのには感心させられた。

そしてまた、うまい具合に、展示品が配置してある。

ことによると、この老女はすでに何度もここを訪れ、そういうことに精通している常連なのかもしれない。だとすると、彼女のお喋りの被害に遭った者は、浅見以外にも大勢いるということか。

人形の展示の最後に、人形をかたちづくっている部品や衣装を解説するコーナーがあった。衣装はともかく、バラバラに解体された人形の五体を見るのは、いかにも無残で正視に耐えない。生命体ではないことが分かっていても、まるで幼児をバラバラにしたような残酷さを連想してしまう。

「わたくしはどうも、こういうのは悲しくて、見る気がいたしませんですわ」

老女も同じ想いらしく、目を背けた。これほどのマニアにしてそうなのだから、浅見のように、ただ美しいものに魅《ひ》かれるだけという、愛好家ともいえない素朴な見物客にとっては、あまり楽しくない眺めだ。

しかし、純粋に知識欲だけからみれば、人形の五体がどのようにして成り立っているものかがひと目で分かって、それはそれで興味深いものがある。

「五体」というが、人形の五体は、正確にいうと、頭部、胴と、手、上腕、下腕、上肢、下肢がそれぞれ二対——合計十二の部品から成立する。

展示場には、その「十二体」と、そのほかの付属部品が整然と並べられている。

かつら、衣装、靴、帽子などなどである。

そして……。

浅見の視線は、その最後のところで釘《くぎ》づけになった。

そこには、長さおよそ四十センチほどの紐状《ひもじょう》のものが、のたうつような恰好《かっこう》で置いてあった。

「輪ゴムだ……」

浅見は思わず呟《つぶや》いた。

3

老女はすでに数メートル先まで行っていたが、浅見の呟きを聞いて、戻ってきた。

「輪ゴム？　ああ、あれですの」

つまらなそうに言って、そのまま行きかけて、浅見がまだ動こうとしないので、また立ち止まった。

「その輪ゴムがどうかしましたの？」

「は？　はあ、何でこんなものがここにあるのでしょうか？」

「あら？……」

老女は疑わしそうに浅見の横顔を見つめて、首をかしげた。

「あなた、それ、ほんとにご存じないの？」

のだ。

「はあ、知りません」

「いやですねえ、それがなければ、頭も足もくっつかないじゃございませんの」

「は？……」

浅見はようやく気がついた。その輪ゴム状のものは、十二体を一体にするためのものな
「ははは、なんだ、そうだったのですか、ははは……」

浅見はあまりの単純さに笑ってしまった。

もっとも、単純といっても、その構造それ自体はなかなかよくできたものであった。

ことに、手足の関節部分が、片方が球状になっていて、片方がそれを受けるように窪《くぼ》んでいるジョイント部分は、じつによくできている。

それをゴム紐で接続すれば、自由自在に手足が動かせるわけだ。

そして、関節の一つ一つを結ぶのではなく、胴体の中を通して、すべての関節を一本のゴムで結んでしまおうというのが、大きな輪ゴムのはたらきなのだ。

浅見の笑いが止まった。

「失礼」

突然言うと、浅見は老女の前から走り去った。ずいぶん失礼な男だと思ったにちがいない。「近ごろの若い人は……」という、老女の声なき声が、背中に突き刺さるような痛みを感じながら、浅見は急ぎ足で人形の家を出ると、あとは一目散に走った。

ホテルに戻り、二階にあるフロントまで駆け上がると、フロントの男を摑《つか》まえて、言った。

「お掃除のおばさん、いますか？」

「は？」

フロント係は驚いたにちがいない。

「申し訳ありません、何か不都合でもありましたでしょうか？　お客様のものを勝手に片づけたりしてはいけないと、いつも申してはあるのですが……」

「いや、そういうわけじゃなくてですね」

浅見は気が焦った。

「あの、輪ゴムをですね、もう一度見せてもらいたいのです」

「は？　輪ゴムですか？」

「そうです、輪ゴムです、輪ゴムの大きいやつです」

フロント係は仲間と顔を見合わせた。アブナイ人みたいだよ——と言っているような顔であった。

しかし、とにかく話は通じて、例のおばさんに部屋まで来てもらうことに成功した。

「この輪ゴムが、また何かあるのですか？　もし何でしたら、お客さんに差し上げますですよ」

おばさんは憂鬱そうに言った。こういちいち引っ張り出されたのでは、たまったものかではないだろう。

「すみません、迷惑かけて」

浅見は謝った。しかし輪ゴムをくれるというおばさんの言葉は、ありがたく受け入れることにした。

「しばらく預からせてくれますか？」

「ええ、いいですよう。どうせ拾った物ですからね」

おばさんは気前がいい。

浅見はその輪ゴムを持って、ふたたび人形の家へと走った。

入口のところで、ちょっと揉《も》めた、さっきちょっと出た者だから——と言ったのだが、一度出てしまうとだめだと言われた。仕方がないので、三百円也《なり》の入場料を払って入り、階段を二段置きに駆け上がった。

間違いなかった。ゴムの材料は違うけれど、長さや、ゴムの端を細い針金で接続している仕組みなどは、展示品の輪ゴムとそっくりであった。

浅見は満足して、大きく「ふーっ」と息を吐いた。

「どうなさったの？」

最前の老女が少し離れたところから、心配そうに声をかけながら近寄ってきた。

「ええ、これです」

「あら、そのゴム紐……」

老女は浅見の手にぶら下がっているゴム紐に気がついた。

「あははは、これ、同じものですよね、ここに展示してあるのと」

浅見は嬉《うれ》しくて、つい笑いがこぼれた。老女は浅見の笑いのよってきたるところを知らないから、さっきのフロント係と同じように、不安そうな表情を見せた。

「ええ、同じようなものだと思いますけど、それがどうかなさったの？」

気を鎮めて——と言いたそうだ。

「ははは、これがですね、落ちていたのですよ。ホテルの部屋にですね。その部屋の主が殺されまして、そこに落ちて……」

老女は尻込《しりご》みして展示室の外へ出てしまった。浅見が気づいて、「あ、僕はべつに怪しい者では……」と呼びかけたときには、老女の姿は階段の向こうに消えていた。

それでもなお、浅見は笑いたくて仕方がなかった。なんだか、いろいろな謎が一気に見えてきそうな予感がした。

といっても、それはまだ予感の域を出ない。誰がどうしたのか、何がどうなったのか、いつ、どこで、誰と誰が何をしたのか……といったことなどは、幕の向こうにある。

いまはただ、その幕を引き開ける紐が見つかったにすぎない。

しかし、それは事件全体の謎を解く、有力なキーワードにちがいない——と浅見は信じた。一つの幕を開けば、舞台はどんどん進行し、第二第三の幕も、しぜん、開かれるものである。

浅見はふたたび、翔《と》ぶようにしてホテルに帰った。

部屋に入るとすぐ、浜路家に電話した。

「あ、浅見さん」

こっちが「もしもし」と言った瞬間に、智子が大きな声で言った。待望していた気分が、生《なま》で伝わってくる。

「外人墓地、分かったんですか？」

「あ、いえ、それはだめでした」

浅見は現場を見た結果について、ひととおり報告した。

「そうなんですか、塀の向こう側は気象台なんですか……でも、その中に何かがあるのかもしれませんよね」

「そうかもしれません」

現場の実情を見ていない智子は、未練がましく言った。

浅見はあえて逆らうことはしなかった。

「それ以外にも、何か意味があるのかもしれません。まだこれからいろいろやってみるつもりです」

「すみません、面倒なこと、お願いして」

「ははは、いいんですよ。僕は好きでやっている……いや、こんな言い方はいけませんね。悪気で言ったわけじゃないです」

「そんな、気にしないでください。でないと、申し訳なくて……」

「おやおや、そんなに悄気《しょげ》た声を出さないでくださいよ。あまりクヨクヨしないで、とにかく頑張ることにしましょう」

「ええ……分かりました、そうします。ほんとにどうもありがとうございました」

「あ、まだ待ってくれませんか。僕のほうの用件は違う話なのです」

「あら、やだ、私ばっかり勝手なことを言っちゃったんですね」

智子は小さな笑い声を洩《も》らした。

「じつはですね、妙なことをお訊《き》きしますが、お父さんは……というか、お宅にはフランス人形はありませんでしたか？」

「フランス人形？」

「ええ、そうです。いわゆるアンティック・ドールと言ってもいいかな。要するに、青い眼をしたお人形です」

「いいえ……」

智子はしばらく考えてから、言った。

「そういうお人形は、うちでは見たことがありませんけど……でも、ちょっと待っててください。母にも訊いてみますから」

しかし、母親に訊いた結果も、やはり同じだった。浜路家には、そういう人形があった記憶はまったくない——というのである。

「でも、どうしてそんなことをお訊きになるんですか？」

智子は不思議そうに言った。

「じつは、お父さんが投宿した、あのホテルの部屋に、奇妙なゴム紐が落ちていたのです」

浅見はそのゴム紐を、掃除係のおばさんが発見した経緯を話して聞かせた。

「お父さんがその部屋に遺留した、唯一の品がそれなのですよね。ところが、そのゴム紐は、なんと、アンティック・ドールの各部分を繋《つな》ぐための紐だったのですよ」

それからまた、人形の家で、それとまったく同じゴム紐を発見した話をした。

「そうなんですか……」

智子は浅見の話に対して、あまりいい反応を示さなかった。

「でも、その紐は、父が落としたものじゃないと思いますけど」

「そう、警察もね、やっぱりそう考えたのだそうですよ。前の日に泊まった客が落として行ったのだろう――とね。しかし、掃除のおばさんは、絶対にそんなことはないと言い張っています。彼女は掃除の専門家ですからね、その言葉を信じないわけにはいかない。そうは思いませんか？」

「えっ、ええ、それはまあ……」

智子は、いまにも笑いそうな声で言った。

「いや、真面目な話ですよ。僕はそう信じることにしました。しかし警察は頭から信じようとしないのですね。そのくせ、自分たちの捜査結果については、素人が何を言っても聞こうとしない。自分たちが捜査の専門家である――と、かたくなに思い込んでいるのですよ。だったら掃除の専門家の言うことだって、素直に聞いていいはずなのですがね」

「ほんと……ですね」

智子は真剣な口調になって、言った。

「でも、だとしたら、どうしてそんなものを父が？……」

「それが問題です。お父さんはどうしてそんな紐を持っていたのか……」

浅見はちょっと言葉を切った。

「それと、もう一つ、はたして紐だけを持っていたのだろうか――という疑問も、当然あるわけですよね」

「え？　それはどういう意味ですか？」

「こんな変な紐だけを持っていたというのはおかしいでしょう？」

「ええ、それはまあそうですけど……」

「紐だけではおかしい――ということは、つまり、人形の本体もあったのではないか――ということになりはしませんか？」

「えっ、人形の本体……父が人形を持っていたということですか？」

「たぶん……」

「でも、どうしてそんなものを父が？」

「ご自分のものでないとすれば、誰かからもらったか、預かったか、そのいずれかでしょうね。ホテルのフロント係も、お父さんがバッグのほかに風呂敷包《ふろしきづつ》みを持っていたと言っています。その風呂敷包みの中身が人形ケースだったと考えられます」

「でも、そうじゃないかもしれないでしょう？」

「いや、僕は人形だったと確信しますよ。そうでないと、あのゴム紐の説明ができませんからね」

「じゃあ……」と、智子は息を呑んでから、言った。

「その人形はバラバラだったのですか？」

「いや、最初からバラバラだったとは思いません。おそらく、あの部屋の中で、人形を解体したのでしょう」

「そんな……父が人形をバラバラにしたのですか？」

智子の声は、少し震えていた。父親がひとりぼっち、見知らぬホテルの部屋で包みを広げて、中から取り出した人形をバラバラにしている光景を思い浮かべたにちがいない。

「いったい、そんなことを、父はなぜそんなことをする必要があったのですか？」

まるで浅見を非難するように、怨《うら》みがましい口調をぶつけた。

「いまはまだ分かりません。もちろん、それなりの理由があってそうしたのでしょう。それはこれから調べるしかないことです。ただ一つ、これは憶測ですが、お父さんが外出した際、誰もそのことに気づいていないのですよね。もし大きな風呂敷包みを持っていたとすれば、誰かが記憶していそうなものです。バラバラにして持ち出した理由は、もしかするとその辺にあるのかもしれません」

バラバラにした人形をバッグに詰めて、ひとり夜の港街をさまよう初老の男の姿を思い浮かべて、浅見は少し背中が寒かった。聞いている智子は、全身が凍りそうな気がしたことだろう。

「そのことと……もし、父が人形を持っていたのだとして、そのことと、父が殺され……あの、死んだことと、何か関係があるのでしょうか？」

智子はオズオズと言った。

「ある、と思うしかないでしょうね」

浅見は少し冷酷に聞こえるような口調で、言った。

「あの日、お父さんは、ふだんとは変わったことをなさった。その第一は……それはもちろん亡くなったことですが、その前に、行ったこともないような横浜へ行かれた。そしてホテルに泊まられた。それだけでも充分なくらい変わったことをなさっているのに、もう一つ、出所不明のアンティック・ドールを持っていたらしい。その三つのうちのどれかか、あるいはすべてが、お父さんの死に、なんらかの関係があると思うしかありません。その中でも、とくに、アンティック・ドールの秘密が、僕の興味を惹《ひ》くのです」

喋《しゃべ》りながら、浅見はまたしても、人形の家で見た、バラバラの物体を思い浮かべた。一つ一つはそれぞれに、いきいきしたバラ色をしていた。そして、それらの物体の中央で、青い眼がパッチリと見開かれて、こっちを見ていたのを思い出した。

4

浅見が多田部長刑事を摑《つか》まえたのは、智子と電話で話してから、二時間近く経ったころである。

「いま署に戻ったところです。何か？」

電話の多田の声は、少し疲れぎみな感じだった。

「遺書があったそうじゃありませんか」

浅見はいくぶん不満を込めて、言った。

「え？　ああ、浜路さんのことですか」

多田は、浅見の「他殺説」に同調するかどうか、まだ踏ん切りがついていないから、困ったような声を出した。

「そうですよ。遺書があるならあるって、教えてくれればいいじゃありませんか。そうすれば、僕もいろいろ悩むことはなかった。たしかに、警察があっさり自殺と断定するからには、それなりの根拠があるとは思っていましたけどね」

「いや、それはですな、遺書といっても、決定的に遺書だという決め手にはならないようなものでありまして……それでまあ、あえてお話ししなかったのですがね」

多田は言い訳がましく、ボソボソした声で言った。

「どういう内容だったのですか?」

「うーん……それはちょっとまずいですなあ。なにぶん、プライバシーに関することでありますからなあ」

「ということは、浜路さんにとって、かなり不名誉な内容だと思っていいわけですね」

「まあ、そういうことになりますか」

「たとえば、会社に損害をかけて申し訳ないとか、ですか」

「そんなところです」

「しかし、その程度なら、不名誉といっても、大したことではないじゃありませんか。それとも、遣《つか》い込みとか、そういう不祥事でもあったのですか?」

「いや、そのへんはわれわれ下っ端には詳しいことは分かりませんがね。ただ、不名誉といっても、浜路さん自身の、というより、会社の不名誉につながりかねないという意味のようでしたよ。したがって、あまり発表されては困るということなのでしょうかなあ」

「なるほど……」

浅見は、少しは理解できるような気がして、電話を切った。

もっとも、だからといって、それで自殺しなければならないというのは、浜路がいくら忠実な会社人間であっても、はたして妥当な身の処し方なのかどうか、浅見にはやはり納得いかなかった。

その浅見の意見に対しては、もちろん智子も同じ気持ちだったにちがいない。浅見の報告を聞いても、かえって疑惑が増したように、語気を強めて言った。

「会社の名誉を傷つけたからって、父が死ぬことはありませんよ」

まるで自分が怒鳴られているように聞こえて、浅見は苦笑した。

「だいいち、父はいつも、自分はしがない庶務課長だって、そう言っていたんですよ。社内的な権限だって、あまりないみたいでしたし、そういう、パッとしないセクションにいる人間が、責任を取って死ななければならないほどのダメージを会社に与えるなんて、そんなことができるはずがないと思うのですけど」

自分も会社勤めをしているだけに、智子にはサラリーマン社会の悲哀が分かるらしい。浅見にしても、その点では人後に落ちない体験がある。

「僕は、サラリーマン生活に適応できないで、さっさと逃げ出した落ちこぼれ人間ですから、偉そうなことは言えませんが、ただ、お父さんの立場はいわゆる中間管理職で、上下に気を配る、大変な地位だったと思います。何かあった場合の責任の取り方ということについては、日ごろから一つの考えを持っていたのではないでしょうか?」

「それは持っていたかもしれませんけど……だからといって、死ぬことはないと思います。それも、家族に遺書も残さない死に方をするなんて……定年後は鉄道評論家になるって、張り切っていたんですよ。その父が……」

智子はグッと言葉が詰まった。込み上げるものを感じたのかもしれない。

「そうですか、鉄道評論家になるっておっしゃっていたのですか」

「ええ、そう言ってました。機関車の写真だとか、設計図だとか、地図や歴史の本や、そういったものを集めて、十年ぐらいかけて本を出すんだって……定年になるのを楽しみにしていたのに……」

智子は嗚咽《おえつ》と一緒に喋った。

「ふーん……そうだったのですか……」

浅見はますます、浜路の自殺のセンは薄いと思った。

定年になるのを楽しみにしていた男が、会社に迷惑をかけた程度のことで、自殺するとは思えない。

しかし——もし智子の言うとおりだとすると、会社が警察に提供した「遺書」とは、いったい何だったのだろう?

どうしてもそのことを明らかにしなければ、浜路の死の真相は解明されない——と浅見は思った。

もう一度、金沢署に電話を入れた。多田はまだそこにいた。食事中らしく、モゴモゴした喋り方で、「今夜は泊まりですよ」と言っている。

「それはちょうどよかった、これからお邪魔します」

浅見は言って、多田が何か答えようと、口の中のものを嚥下《えんか》する前に電話を切った。

夜に入ると、国道16号線は嘘のように空いていた。道路が順調なら、山下公園から金沢署まではほんのわずかな距離だ。

横浜から横須賀へ行く辺りは、開発ラッシュが目をみはるばかりだが、それでも、途中にはところどころ森や山が残っていて、幽霊が出そうに暗いところもある。

金沢警察署は金沢区の中心街にある。付近には区役所、消防署、郵便局などもあって、金沢区行政の心臓部だ。

この辺りは夜が早いらしい、九時にはまだ間があるというのに、国道沿いの店もほとんどが戸を閉めて、人通りも途絶えがちであった。

夜の警察署は、こうこうと明かりは灯《とも》しているけれど、日中と違って、署員の数は三分の一程度になる。事件でもあればべつだが、ふだんはのんびりしたムードが漂っているものだ。

多田は眠そうな顔をしていた。そのせいか、浅見の訪問をあまり歓迎していないように見える。浅見が遺書の件を持ち出すと、いっそう憂鬱《ゆううつ》な顔になった。

「いや、ですからね、あれはあまりよく知らないのですよ」

周囲の耳を気にしながら、言った。

「概略でもいいから、知っていることを教えてください」

浅見はがんとして動かない姿勢を示した。

「困ったなあ、どうしたらいいですかねえ……」

多田は仕方なさそうに立って、「あっちへ行きましょう」と取調室に誘った。

固い椅子に座って、粗末なテーブルを挟んで向かいあうと、なんだか多田のほうが被疑者で、浅見刑事の尋問を受けている恰好《かっこう》に見えるらしく、多田は苦笑した。

「遺書はですね、会社の重役で社長室長の谷本という人に送られていたものです。問題はその内容なのですが、それが何ともおかしな文面だったのですよ」

多田はその内容を思い出すように、天井を向いて、少し考えた。

「正確ではありませんが、概《おおむ》ねこういうものでした。『セーラさんを傷つけ、御社に多大の損害をおかけしましたことを、深くお詫《わ》びいたします』と、こんなような……」

「はあ？……」

浅見はあっけに取られた。

「何なのですか、それは？」

「ほら、そうでしょう。さっぱり意味不明でしょう」

「いや、意味不明というより、ずいぶん奇妙な内容ですね。そのセーラさんというのは、外国の女性の名前なのでしょうねえ」

「そのようですな」

「浜路さんは、その女性を傷つけたことによって、会社に損害を与えた――と言っているわけですよね。というと、何か傷害事件を起こしたのでしょうか。それとも、精神的に――たとえば、名誉を傷つけたというような意味にも受け取れますが……」

「まあ、そういうことでしょうかなあ」

「警察はその事件がどういうものなのか、聞いていないのですか？」

「聞いていないというより、遺書を受け取った谷本氏も、何のことやらまったく分からないと言っているのですよね。いや、ほんとうは知っているのだが、何か言えない事情があるのかもしれませんけどね」

「しかし、それだけでは、はたしてその手紙が遺書なのかどうかも分からないと思いますが」

「そうは言っても、とにかく浜路氏は自殺していますからな。遺書と見なしても間違いではないでしょう」

「それはおかしいですねえ」

浅見は首をかしげた。

「いまのお話だと、要するに遺書があったから自殺と断定した——とも受け取れるし、そうでなく、自殺だから遺書と断定したのだ——と言ってるようにも受け取れますよね、つまりニワトリが先かタマゴが先か——みたいな論理のように思えますけど」

「まあ、そう言われても困りますなあ。事実そうなのだから、仕方ないでしょう」

多田は憮然《ぶぜん》として言った。

「それは少し安易すぎるような気がしませんか」

「われわれには分かりませんな。決定は上のほうでやることです。しかし、言えることは、前にも言ったように、あんなところまで、わざわざ殺しに行くとは、常識では考えられないということです」

やはり多田は、常識論から抜け出ることはできなかったらしい。浅見の説得も効き目はなかったということなのだろう。

浅見は失望を土産にして、金沢署をあとにした。

警察署と区役所のあいだの道を行って、左折すると、少し先に称名寺へ向かう枝道の標識があった。浅見は吸い込まれるように、その細道に入っていった。

仁王門の前に車を停めた。むろん、この時刻には店は終わっているし、境内を歩く物好きもいない。称名寺の境内は、ぽつんぽつんと明かりはあるものの、ほとんど暗闇といってよかった。

浅見は迷ったが、結局、車を出た。気温のせいばかりでなく、背筋にゾクゾクッとくるものを感じた。

(多田さんを連れてくればよかったかな――)

そう思って後悔はしたが、あの気分では、そういうことを言い出せるような状態ではなかった。

仁王門をくぐり、池の左を迂回《うかい》して金沢文庫の前を通り、山へ向かう石段にかかった。ここまではどうにかこうにか、街灯の明かりが白い砂利道を照らしていたが、山にかかると完全に真っ暗だ。浅見は懐中電灯を点《つ》けて、足下を照らした。

ただでさえ急な坂道である。まして夜中にこの道を登るのは至難のわざだ――と浅見は思った。浜路の死体のそばからはペンライトが発見されたという。ペンライトの頼りない光だけで、浜路ははじめてのこの道を登って行ったのだろうか。

夜寒《よさむ》のせいで汗もかかず、その点では思ったより楽に頂上に達した。八角堂の尖《とが》った屋根が、ぼんやり明るい空に、黒ぐろとしたシルエットを作っている。

堂の周囲にあった立入り禁止のロープははずされて、すでになかった。捜査は終焉《しゅうえん》したということのようだ。

堂の床のチョークの線はまだ消えずに残っている。白い線で囲まれた中に、死体が浮き上がるような錯覚がして、浅見は急いで現場を離れた。

尾根つづきの道を行き、裏手の西柴へと下りる道に入った。

こちら側は、山の際まで迫る勢いで人家が密集しているのと、街灯の数が多いのとで、尾根付近でもかなりの光量が感じられた。ことによると懐中電灯なしでも、歩行に不便はないかもしれない。

浅見は試しに電灯を消して歩いてみた。足下はおぼつかないが、それほど危険な感じはしない。かりにこれが殺人事件だとして、犯人が明かりなしでこの道を下ったとしても、さほど不思議ではなさそうだった。

そのとき、麓《ふもと》から登ってくる明かりに気がついた。

（こんな時刻に、何だろう？――）

自分のことを棚に上げて、不審に思った。無意識に足を止め、樹木の陰に隠れるような動作をした。

登ってくる明かりは、本人の足下を照らしているだけで、明かりの持ち主は前方に人間がいることなど、まったく予想していない様子だった。

停滞することなく、どんどん登って、十メートルばかり手前に来て、ようやく浅見の存在に気づいた。

よほど驚いたにちがいない。ギョッとしたように立ち止まり、ライトの先端をサッとこっちに向けた。

「あ、あんた！……」

聞き憶《おぼ》えのある声であった。浅見は反射的にライトを点け、相手の顔に向けた。

「宮田さん……」

浅見も驚きのあまり叫んだ。光束の中に浮かび上がったのは、なんと宮田弁護士の穏和な顔であった。

もっとも、いまの宮田は穏和どころではない。眼鏡の反射の奥にある目は大きく見開かれ、疑惑と敵意を剝《む》き出しにして、浅見の顔に注がれている。

「あんた、なんでここに？」

低く呻《うめ》くように、宮田は言った。

「それは、僕のほうでもお訊《き》きしたいことですよ」

浅見も負けずに言い返した。言葉は威勢がいいけれど、いつでもダッシュできるように、腰を引いて身構えていた。

光と光を交差させて睨《にら》みあっている構図は、スターウォーズの戦士が、光の剣で戦うシーンを連想させた。

第六章　弁護士対名探偵

1

「やはりあんただったか……」

「やはりあなたでしたか……」

宮田と浅見はほとんど同時に言って、同じ言葉を発したことで、二人とも「ん？」と不審の目と目で睨みあった。

三呼吸分ほど、相手の出方を待つ体勢がつづいた。

宮田がここに現われることを、浅見は心のどこかで予測していたような気がした。しかし、宮田が犯人でありうる可能性については、正直、真剣に考えようとはしなかったことも事実だ。

それはイメージの問題といってもいい。犯人像――という、その「像」が、宮田には当てはまらなかったのである。

浅見の「捜査」はいつの場合でも、直感だとかインスピレーションだとか、要するにイメージを大切にするケースが多い。そのイメージの「犯人像」の部分に、宮田弁護士ほどうしても引っ掛からない。

こうして、目の前に当の宮田が現われたのを見ていながら、まだ浅見は、自分の目を信じられない気持ちだった。

「どうするかな？」

宮田が口を開いた。浅見に問い掛けたものだが、自分の覚悟をも確かめているように聞こえた。

さすがに、無数といっていいほど、法廷の修羅場を経験しているだけに、宮田の声量は豊かだし、声音に落ち着きがあった。

「殺しますか」

浅見はズバリと切り込んだ。この海千山千の相手を前にして、尋常なことを言っていたのでは、勝負にならない——と思った。

「殺す？　ははは、いきなりごついことを言う」

「それとも、逃げますか」

「逃げおおせる自信はあるのかな？」

「ばかな……逃げるのはあなたでしょう」

「私は逃げないよ。あんたごときに負けはしない。ためしにかかってきたまえ」

「せっかくですが、やめておきましょう。僕は暴力は嫌いです」

「ははは、暴力は嫌いか。とんだパラドックスだな。あんたはよほどジョークが得意らしい」

「いや、事実を言っているだけですよ。しかし、どうしてもと言うのなら、死ぬ気でお相手しましょう。山名めぐみさんよりは、いくらか手強《てごわ》いかもしれません」

「なんということを……」

浅見が向けている明かりの中で、宮田は憤怒《ふんぬ》で顔を歪《ゆが》めた。

「そういう言い方で、あの子の名前を口にするのはやめたまえ、残忍非道なやつだ」

「残忍非道……」

何か変だ――と、浅見はそのとき、ようやく思った。

「ちょっと待ってくれませんか。おかしいですよ、宮田さん」

「ん？　何がおかしい」

「あなたは僕が、山名めぐみさんを殺害した犯人だと思っているみたいですが」

「そのとおりだ」

「ところが、僕は僕で、あなたが犯人だと思ったのです」

「ばかな！……」

「いや、ちょっと待ってください、事実そう思ったのですよ。ということは、僕は犯人ではないということです」

「何を言ってるんだ。そんなのは論理にも何にもなっていない」

「それはむしろ、宮田さんの場合について言えることでしょう。山名さんがマンションのドアを開けるのは、顔見知り……それもごく親しい間柄の人物に限られますよね。あの晩、小林さんが帰って行ったあと、彼女の家を訪れたのは、宮田さん、あなたしか考えられませんよ」

「ははは……それが残念ながら違うのだよ。いずれ小林君の弁護を引き受けるつもりでね、彼に当夜の状況を詳しく訊いてみた。それによると、小林君がめぐみ君の家を出たあと、めぐみ君は彼を送ってエレベーターのところまで行ったという。つまり、その隙にあんたがめぐみ君の家に侵入することは、いとも簡単だったというわけだ」

「なるほど、そうだったのですか……」

浅見は笑い出したくなった。いや、実際に堪《こら》えきれなくなって、肩を揺すってしのび笑いをしてしまった。

「何がおかしい」

宮田は怒鳴った。

「はあ、すみません。しかし、それぞれ相手を犯人だと思っている同士が、こんな妙なところで鉢合わせをするなんて、不思議なことがあるものだなあと思ったものですから」

「待ちたまえ、何を言っているんだ。小林君は騙《だま》せても、私はそう簡単にはいかないよ。探偵役をまず疑えというのは、下手くそな推理小説を読むときのコツなのだ。小林君に接近し、手なずけておいてから、彼に不利な状況を設定し、陥れようとするなどとは、汚ないが見え透いた手だね」

「僕はそんなことはしませんよ。小林さんを犯人に仕立てるつもりなら、いとも簡単です。警察が思っているとおりに思い込めばいいだけの話ですからね。小林さんがいくら、山名さんがエレベーターのところまで送ってくれたと主張しても、そんなものは無視してしまえばいいのです。警察なら、黙っていても、きっとそうして、小林さんをちゃんと有罪までもってゆくにちがいありませんよ」

「ふん、なかなか詭弁《きべん》を弄するすべも知っているじゃないか」

「困りましたねえ、詭弁なんかではありませんよ」

「だったら訊くが、こんなところで何をしているのかね、言ってみたまえ」

「それはですから、僕のほうで訊きたいくらいですよ。宮田さんこそ、こんなところで何をしているのですか？　まさか赤い靴をはいた女の子を探しに来たわけじゃないのでしょう？」

「赤い靴？」

「いえ、そうじゃなくて、青い眼をした人形ですか」

「あんた……」

宮田は絶句した。照らされた顔の、口がポカンと丸く開いている。

ずいぶん長いこと、そうしていたような気がした。

浅見もあえて言葉は発しなかった。宮田のために充分、事態を把握する余裕を与えようと思った。

「浅見さん、あんた、何者なの？」

宮田はようやく口を噤み、唾《つば》を飲み下してから、そう言った。「浅見さん」という呼び掛けに、もはや敵意は感じられなかった。

「僕はフリーライターですよ」

「いやいや、ただのフリーライターとは思えないな。でなければ、青い眼の人形のことをどうして知り得たか、説明がつかない」

「えっ、それじゃ、宮田さんは青い眼の人形のことを……」

今度は浅見が驚く番だった。

「宮田さんこそどうして青い眼の人形のことをご存じなのですか？」

「それは、私の場合は、依頼人から得た情報だからね」

「依頼人？……」

「そうだよ。青い眼の人形を探してくれという依頼があった」

「それは誰ですか？」

「そんなことは言うわけにはいかない」

「まさか、浜路家の人ではないのでしょうね？」

「浜路家……ああ、この山で亡くなった人物ですか。いや、そうではない」

宮田は首を横に振って、ふと気づいたように、ペンライトの向きを下ろした。浅見もそれにつられて、同じようにライトを下向きにした。

「どうやら、われわれは誤解しあっていたようですな。とにかくここではなんだから、私の車に乗ってくれませんか。だいぶ寒くなってきたようだしね」

「それじゃ、僕の車のところまで乗せてください。称名寺の仁王門の前に停めてあるのです」

「そうなの、山を越えてきたの。それはご苦労さんなことですなあ」

修羅場から一転して、和やかなムードが漂った。

「それじゃ、宮田さんは、その青い眼の人形を探しにここにいらっしゃったのですか？」

「そうですよ。いや、こんな夜の夜中に――と思うでしょうがね、それには理由があるのです」

「ああ、つまり、浜路さんが登ったときと似たような条件で、浜路さんが通ったと思われるルートを辿《たど》ろうというわけですね」

「そのとおり。ほう、驚きましたなあ、じつに鋭い。言われるとおりですよ。ペンライトを頼りに登りながら、はたして……」

宮田が言い淀《よど》むので、浅見は代わりに言ってやった。

「青い眼の人形をどこに隠すことが可能だったか……ですか」

「ははは……困ったな、どうも」

斜面を下りきると、ベンツが目の前に停まっていて、宮田は「どうぞ」と右ドアを開けてくれた。

「依頼人の素性は言えないが、ほかのことは浅見さんが言われたとおりです。つまり、この山のてっぺんで自殺した浜路という人物が、依頼人にとってはいのちより大切な人形を持っていたはずなのですな。しかし、遺体のところからは人形は発見されていない。それで、この付近に隠すとしたら、どの辺りが考えられるか、同じ状況下で調べてみようというわけです」

「それはしかし、変ですね」

浅見は笑いながら言った。

「変、とは？」

「だってそうでしょう。いくらここで亡くなっていたからといって、ただ闇雲に周辺を探すというのは、頭脳明晰《めいせき》な宮田さんには、似つかわしくありませんもの」

「ははは、頭脳明晰ですか……それはそのまま浅見さんにお返ししよう。まさにあなたの言われるとおりです。じつはほかにも理由がないわけではない。いかがです、ついでに言い当ててみますか？」

「そうですねえ……少なくとも、現場の状況に何か特徴的な条件があるのでしょうね。たとえば、樹木の茂った斜面である——とかです」

「ご名答……ああ、近ごろはピンポーンなどと言うのですか。どうもテレビ人間たちに毒されて、ろくなことを覚えない。まさにあなたの言うとおりです。浜路という人は横浜にはあまり詳しくない人でしてね、それに、時間的にいっても、そうそう、あちこちと歩ける余裕はなかったはずなのですな」

西柴から称名寺の寺域をグルリと迂回《うかい》しても、仁王門まではほんのわずかだ。宮田のベンツは境内の石畳を、静かに走って、ソアラの尻《しり》に鼻面をつけるようにして停まった。

「それにしてもあれですな、浅見さんが青い眼の人形のことを知っているわけを聞いておきたいですな」

宮田はエンジンを切って、言った。

「僕のほうは、その依頼人の素性と、経緯を知りたいですよ」

浅見もシートベルトを着けたまま、動こうともせずに言った。

「いや、そっちのほうは具合が悪い」

「しかし宮田さん、それは殺人事件に関係することですよ」

「殺人事件？……脅かさないでくれませんか。これは自殺ですよ、遺書もある」

「遺書といっても、完璧《かんぺき》なものではないでしょう。死ぬとは言っていません」

「それはまあ、そのとおり……ん？　浅見さん、それも知っているの？」

「たぶん……『セーラさんを傷つけた』というのでしょう」

言いながら、「あっ」と気がついた。

「そうか、セーラとは青い眼の人形のことだったのか……」

「そう、そのとおりですよ」

宮田は頷《うなず》いた。

「しかし驚いたな。あなたはどうして、そう、何もかも知っているのです？」

「いや、何もかもだなんて、知りませんよ。それより宮田さん、その依願人のこと、話していただけませんか。いや、だめとおっしゃるのは分かります。しかし、それは正式の弁護の依頼とはべつのものなのでしょう？　つまり、友人から個人的な関係で、調査を頼まれたといったような。だったら、守秘義務があるわけでもないし、僕に喋《しゃべ》ったからといって法に触れるわけでもないでしょう」

「ばかなことを……」

宮田は失望の色をあらわに見せた。

「法に抵触するかしないかの問題ではない。人間と人間の信義に関わることは、私にとっては法以前に大切な問題ですよ」

「人間の生命よりも大切ですか？」

浅見はすかさず言った。

「すでに二人の人間が生命を失っています。信義のことをおっしゃるのなら、山名めぐみさんの宮田さんに対する信頼を忘れていいはずはないでしょう」

「………」

宮田は返答に窮した。千軍万馬の弁護士が、自らを弁護すべき言葉を失っている
「それに、これから先も事件の余波が広がっていかないという保証はありません。いや、僕はむしろそれを恐れますね。たとえば、あなたの大切な依頼人が危険な状態にあるのか

もしれません」

「浅見さん……」

宮田はたまらず、言った。

「あなたはたしかに、私の痛いところを衝《つ》いている。しかし、私の依頼人は、消えた人形の行方を探してくれるよう、私に頼んだのであって、自殺事件そのものの調査を依頼したわけではない。それに、そこになぜ、山名めぐみ君のことまで絡めるのです？　あなたはどう考えているのか知らないが、この問題にめぐみ君の事件を持ち出されても、私としては当惑するばかりですな」

「山名さんの事件と、ここの浜路さんの事件とは、無関係ではありませんよ」

浅見は断固として言った。

「いや、それは浅見さん、あなたは事情を知らないからそんな無責任なことを言うのです。私にこの問題を頼んでいる人物とは、めぐみ君とはまったく接点がない存在なのですからな」

「僕だって」と、浅見はゆっくり、宮田のほうに顔をねじ向けて、静かに言った。

「僕だって、その人とは何の接点もない人間です。しかし、夜中のあんな山の中で、あなたと出会ったじゃありませんか。偶然とはそういうものでしょう。山名さんだって、どこかで、誰かを通じて、その依頼人と繋《つな》がった一瞬があったのかもしれませんよ」

浅見はシートベルトをはずした。

「そうして、その一瞬が、山名さんの生命を奪った……そうだとしても、宮田さんはその人との信義を守り通すわけですか」

「ちょっと待ちなさい」

ドアロックに手をかけた浅見を、宮田は制止した。

「そこまで言うからには、浅見さん、あなたはめぐみ君の事件と浜路という人の自殺と、どう関わっているのか、説明できるだけの材料を持っているのでしょうな」

「もちろんです」

「ふーむ……」

宮田は大きく溜息《ためいき》をついた。

「分かりました。それでは、その説明をしてもらいましょうか。そのうえで、私の依頼人について話すべきか否か、判断させていただくことにする。それでいかがです？」

「いいでしょう」

浅見は頷いて、「それでは、横浜テレビへ行くことにします」と言った。

「横浜テレビへ？」

宮田が問い返したときには、浅見はドアを開け、闇の中に片足を踏み出していた。

2

宮田と浅見、連れだってやってきた二人の男を見て、藤本紅子は目を丸くした。夜中の十一時近く――疲れ果てて、そろそろ帰ろうかという気になる時刻だが、疲れもねむけも吹き飛んだ。

「あの……どういう……」

風の吹き回し――という言葉は、かろうじて口の中から出さなかった。

「妙な取り合わせだと思っているね」

宮田は片頬を歪《ゆが》めるようにして、声を立てずに笑った。

「テープを見せてもらいにきました」

浅見は宮田とは対照的に、ニコリともせずに言った。

「テープっていうと、あのテープですか？」

「そうです」

「分かりました、戸村クンに出してもらいますから、編集室に入っていてください」

紅子は浅見の怒ったような表情に、ただならぬ気配を感じ、急いで戸村を呼びに行った。

宮田は複雑な視線を、紅子の後ろ姿に送っていた。

紅子が戸村を連れてきて、ビデオテープがセッティングされた。その間に宮田は、紅子を脇に呼んで言った。

「このこと……浅見さんがテープを見たということ、私に黙っていたんだね」

「えっ……」

紅子は思いがけない指摘を受けて、うろたえた。

「あ、違うんです、先生のオフィスから社に来て、はじめて知ったんです」

「まあいいよ」

「いいって……そんな……」

紅子が抗議しかけたとき、「スタンバイOKです」と戸村が呼んだ。

「戸村君ありがとう、あとはわれわれがやるから、きみ、仕事に戻っていいよ」

宮田は言った。

戸村は「どうします？」と紅子に問いかける目を向けたが、紅子もそれに対して小さく頷《うなず》いてみせた。

戸村が去ると、紅子が機械を操作した。

テープが回り、問題の西柴の場面がモニターに映し出される。

その映像を繰り返し見ながら、浅見の長い「解説」が行なわれた。

「赤い靴」と「青い眼の人形」を結ぶ奇妙な「仕掛け」についての浅見の大胆な着想に、宮田はともかく、紅子が驚いた。ただの驚きではなく、感動であった。

生まれたときから横浜に住んでいるくせに、「赤い靴」と「青い眼の人形」――この二つの童謡が対の関係だなんて、紅子はただの一度も気づいたことがない。

言われてみれば、たしかに無意識下で、この二つの歌はいつも同居していたような気がする。「赤い靴」を歌いながら、頭の中には「青い眼の人形」が思い浮かんでいる――そのこと自体も驚きだが、それを発見したのが、繊細であるはずの女性ではなく、男の浅見であったことに、紅子はまず心を揺さぶられた。

説得力といった次元のことではない——と紅子は思った。浅見の感性が、そのまま自分の感性と一体になっているような、不思議な共感を、浅見の口から流れ出る言葉の一つ一つに感じるのだった。

しかし、浅見の話が核心に触れるにおよんで、紅子の甘い興奮はいっぺんで冷めた。『TVグラフィック24』の取材で、「赤い靴の女の子の行方は?……」と問いかけたことが、山名めぐみの悲劇の発端になった——という浅見の推理にはさすがに紅子もすんなり同調するわけにはいかなかった。

「それじゃ、メグが死んだのは、『テレグラ24』のせいだったんですか?」

つい、つっかかるような口調になった。

「紅子さん、そんなことは、浅見さんは言っていないよ」

宮田が窘《たしな》めるように言った。それは意外なことだった。この日の朝、宮田が見せた浅見への敵意からは、どのような場合にせよ、宮田が浅見を擁護することがあるとは、紅子には想像もつかないことであった。

いったい二人のあいだに何があったのか知らないけれど、少なくとも表面上だけでも、妥協が成立しているらしい。君子豹変《ひょうへん》なのか、それとも男の「広さ」なのか。紅子にしてみれば、なんだか騙《だま》されたような、疎外されたような気分がする。

「問題はそんなことより、浅見さんが言うように、『赤い靴はいてた女の子』という質問から『青い眼をした人形』を連想したかどうかだよ」

宮田は眉《まゆ》をひそめて言った。

「どうだろう浅見さん、たしかに、私は浅見さんと同じように、連想が走ったけれど、誰もがそうとは限らないでしょう」

「それはおっしゃるとおりです」

浅見はあっさり頷いた。

「僕の思いつきは、間違っているのかもしれません」

「そんなことはないわ」

紅子は強い口調で言った。

「私だってそう思いましたもの。つまり、ここにいる三人が三人とも、『赤い靴』の女の子から『青い眼の人形』を連想したわけでしょう。だったら、この人も同じように連想した可能性は充分、あると思います」

唇を一文字に結んで言う紅子を、宮田は眩《まぶ》しそうな目で見てから、言った。

「まあいいでしょう。この男もわれわれと同じ錯覚を犯したと仮定して、そうすると浅見さん、めぐみ君を殺したのは、このＢＭＷの男だというのですな」

「たぶん……あるいは、その男の意を体した実行者がいたのかもしれませんが」

「なるほど……しかし、現実性となるとどうかな？　物理的にいって、はたして犯行が可能かどうかといった点も含めてだが」

「ネックは、要するにただ一つです」

浅見は思慮深い目を宙に据えて、言った。

「その男は、テレビタレントである山名さんを知らなかったらしい。もっとも、山名さんは横浜テレビの専属ですからね、たとえば東京の人間には、たぶん、まったくと言っていいくらい、知られてないのでしょう。あの男が、もし山名さんのことを知っていれば、テレビの取材であることを悟って、もっと軽く対応したでしょう。知らなかったために、彼女の質問をシビアなものとして受けとめてしまった。しかも、まずいことに、『赤い靴』と訊《き》かれたのを、『青い眼の人形』と錯覚してしまった。この女、なぜそんなこと――つまり、青い眼の人形のことを知っているのか――と考えだすと、疑心暗鬼を生じて、強迫観念に陥っていったとしても不思議はありません。

このビデオを見ていると、あの男の気持ちが、急いでこの場を立ち去りたいのと、この女をなんとかしなければならないと思うのと、そのあいだで、揺れ動いている様子が分かりますよね。

あの男の恐怖の理由は二つあったと思います。一つはあの場所にいるところを目撃されたこと。もう一つは、いま言った、青い眼の人形のことを追及されたこと。その恐怖は、時が経つにつれて募るばかりだったのでしょうね。狙われている――追い詰められている――という妄想がどんどん膨らんでいったにちがいない……」

「ああ……」と、宮田が呻《うめ》くような声を洩《も》らした。

「麻薬か……」

「そうじゃないかと思います」

浅見も頷いた。

「僕はそんなに詳しいわけではありませんが、あの男の神経質な反応の仕方、動作などを見ていると、麻薬常習者のそれと似通っているように思えました。もしかすると、錯覚もそれが原因だったのかもしれません。そして極度の強迫観念、自閉的状況が、彼を不安のどん底に追い詰めていったのではないでしょうか」

「その結果、めぐみ君を消さなければならなくなったわけですか」

結論を前に、三人三様の想いで黙りこくった。

「そこで、問題の物理的なネックです」

浅見が言った。

「それは、あの男がどうやって山名さんの居所を突き止めたか――です。テレビタレントであることを知っているのならともかく、彼はそれを知らないはずですからね」

「そんなこと簡単です」と紅子が言った。

「電話帳を見れば、彼女の住所、出ていますよ」

「えっ？　山名めぐみさんというのは本名なのですか？」

「そうですよ。彼女はタレントといっても、もともとは横浜テレビのアナウンサーだったのですもの」

「そうだったのですか……」

「しかし、電話帳には細かい住所は出ていないのじゃないかな」

宮田は首をひねった。

「いや、そこまで分かれば、どうにでも調べようがあると思います。しかし、そうですか、本名だったのですか……」

浅見は嘆かわしそうに言った。

あれほど冴《さ》えた推理を働かせる浅見に、そんな単純なことが盲点になっていたと知って、紅子はむしろ救われる思いがした。

「それでまず、物理的なネックは解消されたわけだ」

宮田は断定的に言った。

「となると、残る問題は、あの男が何者かですな」

浅見の推理を認めたものの、宮田の表情はまったく冴えなかった。それどころか、新たな重荷をどう処置すればいいのか、心痛にたえないのだ。

「宮田さんがご存じない顔ではあるのですね？」

浅見は言いにくそうに、訊いた。

「むろんです」

宮田は怒っているように言った。

「あ、それはよかった……」

浅見は心底、ほっとした声を出した。

二人のやりとりの意味が、紅子には分からない。またしても、取り残された想いが、紅子の胸の中に吹き込んだ。

目の前の壁にある時計の三本の針が、一瞬、「12」のところで、カチッと重なった。

3

「さて、今度は私のほうが約束を果たす番ですか」

宮田は憂鬱《ゆううつ》そうに言った。

紅子は「約束」の意味を知らない。

「あの、私ははずしましょうか?」

宮田の表情を読んで、言った。

「いや、紅子さんにもいてもらおうか。どうだろう浅見さん、構わないかな?」

「ええ、僕のほうはいっこうに」

「そう、それではと……望郷亭はもう閉まったね。じゃあ、私のオフィスにするかな。あそこなら邪魔されることもない」

紅子が後始末をするのを待って、三人は横浜テレビを出た。この時刻になっても、まだ残っている人間が大勢いる。

「『テレグラ24』はどうなるか。まだ何も出てないの?」

社屋を出たところで宮田が訊いた。

「いまのところは……でも、小林さんがああなった以上、来週の分は難しいと思います。それに、明日あたりから、マスコミが嗅《か》ぎつけるでしょうし」

「そうか、まだ洩れてはいなかったのね。しかし、小林君の立場は苦しいなあ。気の毒に……」

「気の毒ですけど、ある意味では自業自得かもしれません」

「おいおい、そんな、友達甲斐《がい》のないことを言いなさんなよ」

宮田は煙たそうな顔をした。

ベンツとソアラを連ねて、伊勢佐木町の宮田法律事務所へ向かった。夜の横浜は嘘のように寂しいが、伊勢佐木町界隈《かいわい》だけは、さすがにちらほら、開いている店もあった。

オフィスビルは空調設備を止めていた。日中はずいぶん暖かかったのに、応接室の空気はひんやりと冷たい。

宮田はふだんは使っていない電気ストーブを持ち出したが、部屋が温まるまでは時間がかかりそうだった。

紅子は宮田に聞いて、コーヒーを入れにかかった。二人の話の席から、少しのあいだはずれていようという、心遣いもあった。

「依頼人は女性です……といっても、お婆さんですがね」

宮田は例の温和な微笑を取り戻して、言った。

「山手町に屋敷のある、横浜ではなかなかの名家といっていいお宅です」

「大迫さんというお宅ではありませんか？」

「大迫？　いや、違いますが……何ですか、その大迫さんというのは」

「あの西柴のＢＭＷの持ち主です。もっとも、こっちのほうは東京の渋谷の人ですが」

「ほう、そこまで調べがついているのですか。いよいよあなたの素性が謎めいてきましたなあ」

「ははは……そんなのは大したことではありませんよ。それより、そのお婆さんの話をしてください」

「いや、こっちの話も大したことではないのです。要するに、その家の婆さんが、突然、私を呼びつけましてね。そこの家とうちとは、祖父の代からの付き合いだもんで、いまだに私を小僧っ子扱いするのです。それで行くと、婆さんはいきなり、『人形を探してちょうだい』と言うのですよ。その人形というのがいわくつきでして、婆さんの母親がその家に嫁いだときに持ってきたもので、言ってみれば、婆さんにとっては母親の形見なのだそうです。十九世紀のなかばごろにフランスで作られたもので、作者名も知られている、ジュ……なんとかと言ってましたが」

「ジュモウではありませんか」

「そう、ジュモウ……へえー、浅見さんは人形にも造詣《ぞうけい》が深いのですか？」

「ははは……ささやかな知識です」

浅見は奥床しく言った。宮田はまさか人形の家で仕込んだばかりのネタだとは思わないから、尊敬のまなざしで浅見を見つめた。

「それなら話は簡単だ。とにかく、その婆さんにとって、人形はいのちより大切な——といっても、九十歳の婆さんだから、そんなに惜しがるほど残っているいのちではありませんが——しかしまあ、とにかく大切なのでしょうなあ。もう、まるで孫娘に家出でもされたようにオロオロしていました」

「それが、浜路さんとどう結びつくのですか?」

浅見は少し焦《じ》れて、話の先を催促した。

「婆さんの手元から、その人形を持って出たのが、浜路さんだったのです」

「えっ? 浜路さんが盗んだのですか?」

「まさか……」

宮田は呆《あき》れて、笑いだした。

そのとき、紅子がコーヒーを運んできた。宮田が愉快そうに笑っているのを見て、自分も思わず笑顔になった。

「なんだか楽しそうなお話みたいですね。仲間に入ってもいいですか?」

「ん? ああ、どうぞ。しかし、べつに楽しい話題というわけのものでもないのだけれどね」

宮田は、まだ笑いの収まらない顔で言って、話の先をつづけた。

「じつは、その婆さんは浜路さんの会社の先代会長夫人でしてね」

「岡松物産ですね」

「そう……まあ、いつまで隠していても仕方がないので、申し上げるが、その婆さんの家が岡松さんなのです。婆さんは岡松家のひとり娘で、先代会長はご養子さんでした。その岡松物産が、ことし創立百年を迎える。現在は東京本社だが、創立以来、戦後しばらくまでは横浜に本社がありました。横浜そのものが開港百三十年、市制施行百年ですから、まあ、岡松物産は横浜の歴史とともに歩んできたといっていいでしょうなあ。その岡松物産の記念行事に、岡松の婆さん――先代会長未亡人秘蔵のフランス人形を展示することになっていたのです。なぜかというと、その人形は先々代会長がイギリス留学からの帰路、パリに寄って、フィアンセ――つまり、いまの婆さんのおふくろさん――のために買ってきたプレゼントなのですね。しかもその年に先代会長のおじいさんが横浜で貿易商を開業したのだから、その人形は、いわば岡松物産創業の象徴みたいなものなのです」

「なるほど……それじゃ、お婆さんがいのちより大切――と言われるのも、無理がありませんね」

「そのとおりですよ。もちろん、婆さんは岡松物産の大株主ですがね、人形のためなら、そんなものはどうなってもいいなどと、ちょっと手のつけられないことになっていましたよ。あのくらいの歳になると、われわれと違って、ほかに目を向ける欲望の対象がない。一途《いちず》に人形のことばかり想いつづけていますからなあ」

宮田は苦笑した。

「しかし、その大切な人形の運搬を、どうして浜路さんに依託したのですか？」

「いや、そうは言いますが、浜路さんは岡松物産のれっきとした庶務課長ですからね、たかが人形の運び役としては不足のない人選だったでしょう。少なくとも、会社の上のほうの人間はそう考えますよ。婆さんに言わせると、浜路さんでは頼りなくて、危なっかしいと思った——のだそうですがね」

「実際には、お婆さんの危惧《きぐ》が的中したではありませんか」

「まあ、結果的にはそうなったが、かといって、それでは装甲車で運べとでもいうのですかな？　あくまでも、たかが人形です。それも国宝だとか、そういったたぐいのものでもない。アンティックといっても、たかだか百何十年だか前につくられた、ただの抱っこ人形ですからねえ。縁なき衆生《しゅじょう》から見れば、捨ててあっても、気持ち悪くて、拾う気など起きないような代物でしょう」

「まるで、竹藪《たけやぶ》に捨ててあった一億円みたいな感じですね」

「一億円……」

宮田はかすかに眉《まゆ》を曇らせた。

「なるほど、たしかにそのとおりですね。いや、実際、探し出して、婆さんのところに持って行けば、一億ぐらい出しかねない剣幕でしたな」

何気なく言った言葉に、浅見はキッと反応した。

「一億円、出しますか……」

「は？　いや、そういうことがあれば、の話ですが……」

宮田は浅見の変貌《へんぼう》に気づいて、露骨にいやな顔をした。

「まさか浅見さん、賞金稼ぎの心境になったわけじゃないでしょうな」

「冗談を言っている場合ではありません」

「ん？　いや、もちろんそうだが……何を怒っているのです？」

「その人形は、ひょっとすると、誘拐されたのかもしれない」

「誘拐？　人形を、ですか？　ははは、まさか誘拐だなんて……」

「考えられないことはありません」

「ははは、しかし浅見さん、いくらなんでも誘拐とは……ねえ紅子さん」

「ええ、人形を誘拐だなんて……」

紅子も宮田に同調した。

浅見はじっと宮田の様子を窺《うかが》ってから、おもむろに言った。

「ようやく分かりましたよ」

「ん？　分かったって、何がです？」

宮田の表情に、警戒の色が浮かんだ。

「宮田さんが、なぜあの山を探していたのか、がです」

「それはだから、岡松の婆さんに頼まれたと、そう言ったじゃないですか」

「ええ、そのことはお聞きしました。しかし、純粋に人形を探す目的なら、宮田さんお一人でなく、もっと大勢で、人海戦術でおやりになるはずです」

「いや、それはあれですよ、つまり、密《ひそ》かに探してくれという注文でしたからね」

「なぜですか？」

「なぜって……それはもちろん、あまり大ごとにならないようにという配慮でしょう」

「それはおかしいですね」

浅見は微笑した。

「岡松さんのお婆さんが、いのちより大切だと言って、うろたえ騒いでいるのに、大ごとにならないように、などという配慮がはたらくはずはありません」

「…………」

「それともう一つ、あそこを探している理由について、僕が樹木の茂る斜面――とあてずっぽうを言ったら、宮田さんはうっかり、ピンポーンなどと言われましたね。僕はそのとき、あんな軽薄な冗談を言わないはずの宮田さんがなぜ――と思ったのですが、あれは、僕の指摘が偶然、的を射たからなのでしょう。しかし、『樹木の茂る斜面』という特定は、決してあてずっぽうなんかでできるはずはないのです」

「浅見さん、あなた、何を言いたいの？」

宮田は険しい目になっていた。

紅子はそれに気づき、宮田と浅見の顔を交互に見た。緊迫したやりとりの中で、浅見は茫洋《ぼうよう》とした微笑をたたえている。それはあたかも、勝利者であることを誇示しているように見えた。

「さっきの話の中で、岡松さんのお婆さんが、宮田さんに人形探しを依頼したところまでは事実だと思います。ただし、その背景が少し違うのではないでしょうか」

浅見は諄々《じゅんじゅん》と説くような口調で言った。

「人形を岡松家から運び出したのは、たしかに浜路さんだったと思います。ところが、浜路さんは、なぜかその夜、ホテルニューパレスに宿を取った。真っ直ぐ東京に帰り、本社に届けるべきなのに、なぜそうしたのか、ずいぶん奇妙な話です。大切な人形を運ぶのに、夜間は危険だからと思うのなら、日中のあいだに横浜に来て東京へ運べばいいわけで、どう考えても不自然です。しかし、そのことはまだしも、何よりも奇怪なのは、警察の調べに対して、会社側が、その日、浜路さんはふつうどおりに退社したと言っていることですね。横浜へ人形を受け取りに行ったことなど、ぜんぜん出てきていないのです。そのことまで、なぜ隠す必要があるのか、それには二つの理由しか考えられません」

浅見は言葉を区切って、唇を湿した。

「第一の理由は、会社側の当事者が、その事実を隠したかったこと。第二の理由は――僕はこっちのほうが正しいと思うのですが――それは、要するに、会社の人たちは、そのことを知らなかったためです」

浅見が充分すぎるほどの間合いを取ったにもかかわらず、宮田は沈黙したままであった。

むしろ紅子が抑えきれなくなったように、疑問を投げかけた。

「会仕の人が知らないなんて、そんなこと、あり得ますか？　だって、会社のイベントのための人形でしょう。それを受け取りに行ったことを知らないなんて……」

「あり得たのでしょうね。つまり、浜路さんは内緒で横浜へ向かったということです」

「内緒で？」

「そう、人形の受け渡しは、秘密裡《ひみつり》に行なわれたのですよ」

「どうしてですか？　どうして秘密裡に行なわれなければならなかったのですか？」

「それは、ですから、人形のセーラを誘拐するためだと言っているのです」

「…………」

今度は紅子も黙った。笑い飛ばそうとしても、浅見の射徹《いとお》すような目を見ると、頬がこわばった。

浅見の視線から逃れるように、紅子は宮田を見て、言った。

「まさか、先生、人形を誘拐するなんてこと、あるんですか？」

「ああ、考えられないことはないでしょう」

宮田は苦しそうな笑顔を見せて、言った。

「人形の誘拐なら、犯人側にとって、リスクはまったくといっていいほどない。これが幼女誘拐となると、犯人のほうも必死だし、刑法上の罪も重い。過去の例から見ても、あまり割りに合う犯罪ではないのです」

口振りは、あくまで一般論として言っているけれど、なんとなく浅見の意見に屈伏しているようで、紅子にはもどかしく思えた。

「でも先生、人形を誘拐して、どうするつもりですか？」

「もちろん、婆さんをゆするのだろうね、いや、冗談でなく、客観的に見て、あの婆さんなら、一億ぐらいは出しかねないと、私も思う」

「一億……」

「いや二億でも三億でも、要求するだけ出すかもしれない。婆さんにとって、冥土《めいど》に持って行けるカネでもないし」

紅子は「ふーっ」と溜息《ためいき》をついた。

「だけど、いくらなんでも……」

「ははは……ばかげていると言いたそうだね。しかし紅子さん、人間の誘拐なら一億や二億の身代金を要求する例は、珍しいことではないじゃないの」

「それはそうですけど……」

「絵画の盗難に対してだって、身代金なみの代価を支払うケースがある。要は価値観の問題でしょうが」

宮田は「客観的に」と言いながら、浅見の考えを肯定する姿勢になっている。

「じゃあ、先生、浅見さんが言うとおり、人形が誘拐されて、岡松家のお婆さんは、犯人に身代金を要求されているのですか？」

紅子は非難するように、言った。

「いや、その事実はありませんよ」

宮田はあっけなく否定した。その先に何か説明がつくのかと紅子は期待したが、それだけだった。

「ああ、なるほど」

浅見が頷《うなず》いた。

「分かりました。現在までのところ、身代金を要求してきた事実はないということなのですね」

「そのとおりです」

宮田は瞑目《めいもく》して、大きく頷いた。

「少なくとも今夜――いや、すでに昨夜ですか、私が午後八時過ぎに岡松家を出て西柴へ向かう時点までは、身代金は要求してきていません」

「ただし、誘拐された事実はお認めになるのでしょう？」

「そう、岡松家秘蔵の人形が運びだされ、行方知れずになったこと。その運び役を務めた浜路さんが亡くなったこと。浜路さんの遺書に、『セーラさんを傷つけた』云々《うんぬん》の記述があること等々から見て、セーラの身に何らかの異変があったことは、事実として認めないわけにはいきません」

そう言って、宮田はこれで何度目かの、長い溜息をついた。

4

「じゃあ、浜路さんは人形を誘拐した犯人の一味だったのですか？」

紅子は言った。

「いや、そうじゃないと僕は思います」

浅見は断定的に言った。

「浜路さんはごく真面目で、どちらかといえば小心な人物だったと思いますよ。それだからこそ、岡松さんのお婆さんも、一応は安心して人形を託したのでしょう。そうじゃありませんか？」

「そのとおりですよ」

宮田はほとんど観念したように頷いた。

「どうも、このまま浅見さんの追及が進めば、いずれ真相は明らかにされてしまいそうですな。仕方がない、私の知っている範囲内のことはすべてお話ししましょう。ただし、その代わり、やむを得ない状況になるまで、このことは秘密にしておいていただきたい。このとおり、お願いします」

宮田はテーブルに手をつき、深々と頭を下げた。

「あ、宮田さん、そんなことはしないでください」

浅見は慌てて、自分も宮田と同じ位置まで頭を下げた。

「心配しなくても、僕はこの事実をマスコミや警察に売ったり、いわんや、スキャンダルに仕立てたり、宮田さんや岡松さんのためにならないようなことをするつもりはありません」

「ありがとう。私も浅見さんは信じていい人物だと思ってはいます。思ってはいるのだが、一抹の不安があるのですな。しかし、ここまで知られている以上、隠しておくのは得策ではないかもしれない。むしろ、浅見さんの知恵をお借りして、事件を解決したほうが賢明だと思えてきたのです。どうでしょう。協力していただけますかな」

「むろんです、およばずながらご協力しますよ」

二人の男は、たがいの目を見つめあった。ほんの十数秒だが、宮田にしてみれば、最後の逡巡《しゅんじゅん》を払拭《ふっしょく》するための時間だったにちがいない。

「じつは、今度のイベントに人形のセーラを出品するというアイデアを、婆さんのところに持ち込んだのは谷本清一《せいいち》――岡松の婆さんの外孫にあたる男なんです。彼は私もよく知っていますが、一応、岡松物産の取締役ではあっても、まあ、婆さんの一族だからそうなっているだけの、まったくのボンクラと言ってよろしいでしょう。

浜路さんはその谷本清一の命令で動いた。しかも驚いたことに、まさに浅見さんが指摘したとおり、どうやら、会社の他の連中には内緒で、密《ひそ》かに人形運びをしていたらしいのです。いや、それどころではない、岡松物産のイベントにセーラを出品すること自体、会社の連中は関知していないのですよ」

「あ、そうか、それで警察の調べに対して、人形のことは出てきていないわけですね」

浅見はようやく謎の一つが解けた。

「しかし、谷本さんはなぜそんな隠しごとなんかをしたのですかね？」

「谷本の言うところによると、直前まで、岡松の婆さんが人形を貸し出すかどうか分からなかったので、黙っていたのだそうです。たしかに、婆さんはなかなかOKと言わなかったらしい。要するに谷本は、そこまで婆さんの信用がなかったのです。それで、事件当夜、浜路さんを連れて行って、最終的に婆さんも納得したと、こういうわけです」

「すると、つまり、谷本さんにとって、浜路さんが切り札になったわけですか」

「そういうことですな。おそらく、浜路さんも谷本に指示されて、人形の一件は会社に伏せていたはずです。いかにボンクラといえども重役である谷本から、じきじきに命ぜられた重大任務ですからね。浜路さんは喜び勇んで引き受けたことでしょうし、秘密を守れと言われれば、それに従う。家族に対しても口を噤《つぐ》んでいたにちがいない。浜路さんとは、そういう人物だったようですな」

宮田は痛ましそうに、顔をしかめた。

「さて、その晩ですが、浜路さんは谷本に連れられて岡松家に行っています。そして、人形を持った浜路さんが、谷本の運転する車で帰って行ったので、岡松の婆さんは、てっきりそのまま東京の本社まで運ばれたものと思っていた。ところが、それからまもなく、谷本が引き返してきて、浜路さんが人形ごといなくなったと言ったのだそうです」

「なるほど」

浅見は頷いた。

「それではたぶん、浜路さんがホテルニューパレスにチェックインしたのは、そのころだったのでしょう」

「そのようですなあ。ちょっと調べてみましたがね、時間的にはほぼ一致するようです。しかし、正直なことを言うと、私がそういうことを知ったのはごく最近でしてね、あの山で自殺者があったのは、テレビのニュースでチラッと小耳に挟んでいたのだが、婆さんに相談を持ち掛けられるまでは、その自殺者が岡松家に関係していたとは、まったく思いもよりませんでしたよ」

「谷本さんは浜路さんが人形ごといなくなったことを、どうして知ったのですか?」

「なんでも、谷本は中華街の近くで車を停めて、浜路さんに持たせる土産物を買いに行ったのだそうです。そして戻ってみたら、車で待っているはずの浜路さんの姿が人形ごと消えていた。トイレにでも行ったのかと思って、しばらく待ってみたのだが、現われないので、思案にあまって、岡松家に舞い戻ったというわけです」

「なるほど……そうすると、浜路さんはそこからホテルニューパレスへ行ったのですね」

浅見は眉《まゆ》をひそめた。

「問題は、その後の浜路さんの行動ですね。たしか、ホテルニューパレスの話では、午後八時ごろに外部から電話が入った際には、浜路さんは部屋にいましたから、外出したのはその後ということになります。その際、浜路さんはバッグも、風呂敷包《ふろしきづつ》みも持って出たらしい。そして、部屋の中にはゴム紐《ひも》一本だけが残された……つまり、人形はバラバラの状態で運ばれたことになりますね。まさか、岡松さんの家でバラバラにしたとは思えませんが」

「もちろんですよ。バラバラのセーラを見たら、あの婆さんは卒倒します。谷本も、人形はちゃんとした形のまま運んだと言ってますよ」

「だとすると、浜路さんはあの部屋で人形を分解したことになります」

「う－ん、そうなりますか……しかし、なぜそんなことをしたのですかね？」

宮田は首をひねった。

「浜路さんが、面白半分に、解体したとは考えられませんか」

「まさかそんなことはあり得ないと思いますがねえ」

「それじゃ、結論は簡単です。誰かに命令されてそうしたのでしょう」

「誰か、とは？」

「たぶん、谷本清一氏」

「えっ、谷本が……」

宮田は眉根を寄せて、しばらく浅見を見つめてから、言った。

「谷本が浜路さんに命令したと、浅見さんはそう考えるのですか？」

「そうですよ」

「じゃあ浅見さんは、いままで私が説明したこと——つまり谷本が言っていた話は、全部嘘だと言うのですか？」

「その可能性があります……というより、そうでないと説明がつきません」

「うーん……」

宮田は腕組みをして唸《うな》った。

「やはり浅見さんもそう思いますか。いや、じつを言うと、岡松の婆さんもそれを心配しましてね、それで私に密かに相談を持ち掛けたのですよ。たしかに客観的に見れば、そういうことになるのかもしれないが、私はどうも、そこまで谷本を疑うのは……うちと岡松家とは長年の付き合いでしてねえ、いくら出来の悪いボンクラでも、谷本は岡松の婆さんの血筋ですからなあ……それに、浅見さん、谷本はいったい何の目的でそんなことをしたのでしょうか？」

「それはもちろん、人形を分解することが目的でしょう」

「浅見さん、そういう冗談を言っている場合ではありませんよ」

宮田は窘《たしな》めた。

「いえ、僕は真面目ですよ。谷本氏は、浜路さんに人形を解体するよう命じて、セーラを傷つけたと錯覚させるような、何かを仕組んだにちがいありませんよ。そう考えれば、あの『セーラさんを傷つけて……』云々《うんぬん》と書いた遺書の意味が生きてきます」

「あっ、そうか……」

宮田は膝《ひざ》を叩《たた》いたが、紅子は呆《あき》れて、叫ぶように訊《き》いた。

「えっ、浜路さんは、人形を壊したことへの償いのために、自殺したのですか？　そんなばかなことが……」

「いえ、あれは警察では遺書とは言ってますが、遺書ではないのかもしれないのです。ただの詫《わ》び状であるとか、あるいは始末書のようなものだったとも考えられます」

浅見が説明して、紅子は「ああ、そういうこと……」と、不得要領な顔をした。

「それと宮田さん、人形を解体した目的はもう一つあったのかもしれませんよ」

浅見は言った。

「ほう、何です？」

「人形ケースの風呂敷包みは、かなり大きくて目立ちますからね、ホテルから持ち出す際、従業員に見られ、記憶されるおそれがあります。人形をバラバラにしてバッグに入れ換え、ケースのほうもバラバラにしてしまえば、まったく気づかれずにすみます」

「うーん……なるほど、それは考えられなくもないですなあ。しかし、それから先はどうなったのだろう？……」

「それから先のことは、あくまでも想像の域を出ませんが、ただ一つ、謎を解くキーワードのようなものがあることはあるのです」

「ほう、どういうことです？」

「その前に、宮田さんがあの山の斜面を探していた理由は何なのか、聞かせていただけませんか」

「ああ、あれね。あれは信憑性《しんぴょうせい》に欠ける情報が頼りだったのですよ」

宮田は苦笑した。

「さっき言ったように、谷本が岡松家に引き返してきて、浜路さんが人形ごといなくなったと告げたあと、善後策を講じるために翌朝までそこにいたのです。その途中、午後十一時ごろ、浜路さんから電話が入りましてね」

「えっ？　浜路さんから電話ですって？」

さすがの浅見も驚いた。

「そうなのですなあ、電話があったというのです。もちろん谷本宛にですが、それを岡松の婆さんも一緒に聞いた……例の、スピーカーからも音が出るやつですな。そうしたら、浜路さんはこう言っていた。『サルスベリの木の根方《ねかた》に置いておきます』とね」

「サルスベリの木の根方……」

浅見は宮田と同じテンポで繰り返した。

「……そう言ったのですね？」

「そうです」

「しかし、それではいかにも唐突ですが、その前に浜路さんは、何か言わなかったのですか？　たとえば、挨拶《あいさつ》めいたことだとか」

「ああ、浅見さんは要するに、その電話はトリックではないかと思うのでしょう？　たとえば録音されたものではないかという。私もその点は確認しました。しかし、電話を最初に受けたのは、岡松家のお手伝いですからね、いろいろやりとりもしているわけだし、その疑いはないものとみていいでしょう。もちろん、電話が回されて谷本が出たあとも、挨拶は交わされたようですよ。ただし、婆さんには、最初のうちは相手が浜路さんかどうかは分からなかった。しばらくは谷本が応対をして、それからスピーカーでも聞こえるやつに切り換えたのです」

「そして、『サルスベリの木の根方に置いた』と言ったのですね？」

「そうです。『サルスベリの木の根方に置いた』とね」

「はあ……」

浅見はちょっと首を傾げて、考えてから訊いた。

「では、切り換える前に、浜路さんが何を話していたのかは、お婆さんは知らないのですね？」

「そうですね、厳密な意味では知らないということになりますな。あくまでも岡松の婆さんが谷本に聞いた、いわゆる伝聞によれば、浜路さんは申し訳ないと言っていたそうだが、それが事実かどうかは、谷本本人に確認するまでは何とも言えません」

「谷本氏が嘘をついている可能性があるのですか？」

「婆さんはそう言っています。婆さんの話では、谷本が嘘をついているかどうかは、彼が子供のころからの経験で、よく分かるのだそうです。それによると、どうも怪しい。つまり挙動不審というやつです」

「しかし宮田さん、浜路さんの死亡推定時刻には、谷本氏は岡松家にいたのでしょう?」

「ああ、それは間違いないらしい。その晩はずっと岡松家にいたと、婆さんが証明していますよ」

「だったら、少なくとも谷本氏は、浜路さんを殺害した犯人ではありませんね」

「浅見さん……」

宮田は紅子のほうにチラッと視線を送って、窘《たしな》めるように言った。

「浜路さんは自殺ですぞ」

「ああ、そうでした。表面上は自殺ということになっていましたね」

「えっ、じゃあ、自殺じゃないんですか?」

紅子は急いで言葉を差し挟んだ。

「いや、自殺ですよ」と宮田は言い、同時に浅見は、宮田の言葉を打ち消すように「他殺ですよ」と言った。

「あれは間違いなく、自殺を装った他殺ですね。ただし死亡推定時刻には、谷本氏にはアリバイがある。その点が岡松家にとっては唯一の救いでしょう。もっとも、共犯関係については何とも言えません。とにかく、人形の運び出しに関しては、谷本氏が自作自演しているのですから。たとえば、浜路さんから電話が入ったことにしたって、谷本氏の命令でそうしたのかもしれない。岡松さんのお婆さんが聞いた、サルスベリの木の根方——という内容も、その部分だけはお婆さんに聞かせる狙いで、演出したのだと思いますよ。もっとも、なぜ『サルスベリ』などと言わせたのか、その狙いは分かりません。ただ、ともかく、そういう電話があった事実だけを見れば、二つの効果があったことだけはたしかなんです。一つは、谷本氏が浜路さんの自由を拘束していなかったことが立証されること。もう一つは、あくまでも浜路さんの任意で電話してきたことになって、その延長線上に『自殺』があるという判断に繋《つな》がっていったということ、ですね」

「うーん……」

宮田は絶望的な溜息《ためいき》をついた。

「岡松の婆さんは、まさに浅見さんが言うように、谷本の事件への関与を疑い、恐れているのですよ。それで私を呼んで、とにかく、隠密裡《おんみつり》に事件を片づけてくれと言っているのです。しかし状況はきわめて悲観的ですなあ。だいいち、人形の在りかが分からない」

「谷本氏は人形の在りかを知っているでしょう。だったら、いずれ人形を取りに行くはずです。谷本氏の動向を見張っていればよかったのじゃありませんか？」

浅見は言った。

「いや、それは婆さんがやっていますよ。岡松の婆さんは、都合のいいときはボケてみせるが、あれでなかなか、老獪《ろうかい》な婆さんなのです。私立探偵を二人頼んで、谷本の動きを逐一、見張らせているそうですよ。だが、谷本のほうもそれを承知しているらしく、いっこうに動こうとしない」

「それはたぶん、ほとぼりの冷めるまで待つつもりなのですよ」

「ああ、そうでしょうな。それで仕方がないので、今夜、私は何はともあれと思って、浜路さんが登ったと思われる同じ時刻に、あの山の道を探しに出掛けました。サルスベリとかいう、電話の内容が唯一の頼りだったのですがね。しかし、あの辺は真っ暗でしてね、文字どおりの闇雲でした。何も手掛かりがありそうにない。そこへもってきて、浅見さんなどという、奇妙な拾い物をしてしまった……」

宮田はなかば本音で言って、苦笑した。

「あの山には人形はないと思いますね」

浅見は自信たっぷりに言った。

「ふーん……どうしてそう断言できます？」

「理由は簡単です。浜路さんが死んだ現場の近くに、そんなものが落ちていれば、まず警察が発見する恐れがありますからね。だからこそ、人形の隠し場所と『自殺現場』を引き離したのだと思います。とにかく、警察は考えたり推理したりすることは苦手ですが、人海戦術による遺留品の捜索は、なかなかのものですよ」

「ははは……面白いことを言う。警察関係者が聞いたら、さぞかし気を悪くするでしょうな」

宮田はようやく笑顔になった。

「しかし、だとすると、いったいセーラはどこへ行ってしまったのだろう？……」

宮田がそう言ったとき、紅子は、山名めぐみが、「赤い靴はいてた女の子、どこへ行ったか、知りませんか？」と訊《き》いていた、あの陽気そうな姿を思い出した。

「あの、それで……」と紅子は言った。

「その谷本っていう人がセーラを誘拐したのだとして、ほんとうに身代金を要求するつもりなのかしら？」

「もちろんそうしますよ」

浅見はきっぱりと断言した。紅子は恨めしそうな顔をし、宮田ももはや反論する気力が失《う》せたらしい。そのまましばらく、重苦しい沈黙が流れた。

「そうそう、さっき浅見さんが言ったキーワードとは何のことです？」

宮田は思いついて、言った。

「それです、もしかすると、それが唯一の手掛かりになるのかもしれません」

浅見はもったいぶった口振りで言った。

「じつはですね、浜路さんが家に残した手帳の中に、『外人墓地の門から北へ百歩』と、何やら覚え書らしきものが書いてあったそうです」

「外人墓地の門から北へ百歩？……」

宮田はおうむ返しに言って、紅子と顔を見合わせた。二人の脳裏には、山手外人墓地の風景が思い浮かんでいる。

「つまり、それは、そこに何かが隠されていることを示すキーワードなのですね？」

「それが分かっているのなら、なぜ探してみないのです？」

宮田は詰《なじ》るように言った。

「ところが、地図を見ると、外人墓地の北側には気象台の塀があって、門から百歩というと、その塀を越して、気象台の敷地の中に入って行かなければならないのです」

「あ、なるほど、そうねえ、あそこはたしかに気象台ですなあ。しかし、それならむしろ、気象台の門から何歩とか、そう書きそうなものなのにね」

「そうですよね、僕もそう思いました。だから、その覚え書の意図が、まったく分からないのです」

そのとき、紅子がふと思いついたように、言った。

「その外人墓地っていうの、山手の外人墓地のことに間違いないのですか？」

「は？……」

浅見はポカンとした顔を、紅子に向けた。

「なるほど」と、宮田は対照的に、威勢よく叫んだ。

「それだよそれ、紅子さん、やったじゃないの」

「やだ、そんなに褒められるほどのことじゃないですよ」

「いや、それは盲点かもしれない。ねえ浅見さん、あなたは知らないのかな、外人墓地といったって、なにも山手の外人墓地とはかぎらないのですよ」

「そうなんですか、ほかにも外人墓地があるのですか？」

「ああ、あるある、たしか全部で三カ所か四カ所はあるはずですよ」

「四カ所です、山手と根岸と保土ヶ谷《ほどがや》と、それから南京墓地と」

紅子はすらすらと言った。

「以前、何かの番組で取材したことがあるのです」

「それで、それぞれの外人墓地にも、門はちゃんとあるのでしょうか？」

浅見は急《せ》き込んで訊いた。

「さあ、どうだったかしら？　たぶんあったと思いますけど……」

「よし決まった、夜が明けたら、すぐに墓地めぐりだ」

宮田は立ち上がった。

「それじゃ浅見さん、私は紅子さんを送って行きます。明日——ではない、もう今日ですな——午前七時に、ホテルのロビーで会いましょう」

「それ、私も一緒に行きますからね」

紅子は二人の男に、宣言するような勢いでそう言った。

第七章 「紳士」の正体

1

智子が松井から電話をもらったのは、夜に入ってからであった。ふつうなら、とうに退社時刻を過ぎたころだ。

「先ほどはわざわざありがとうございました」

電話に出た寿子が、受話器に向かって丁寧に頭を下げている。それから「はい、ここにおりますので」と、智子を手招いた。

「さっきお見えになった、パパの会社の松井さんよ」

智子が電話を替わると、松井はいきなり、

「あれ、分かりましたよ」と言った。

「は？ 何のことですか？」

「ほら、大迫良介氏ですよ」

「ああ、そうなんですか、もう分かったのですか」

「ええ、大迫良介って、どこかで聞いたような名前だと思ったのですが、そのはずですよね、うちの株主総会の常連さんなのです。僕は去年はじめて経験しただけなので、よく知らなかったのですが、なかなかのうるさ型なのだそうですよ。つまり、早く言うと、総会屋さんですね」

「総会屋……」

智子はなんだかいやな気がした。総会が迫ると、父親がいつも鬱陶《うっとう》しい顔になるのを、子供のころから見てきている。

「じつはですね、その大迫さんが今日、ついさっき、偶然、会社に見えたのですよ」

「えっ、会社にですか？」

「ええ、お嬢さんにお話を聞いたばかりだったもので、驚きました。しかし、考えてみると、当社は総会が近いですからね、そろそろシーズンなのですよ。大迫さんは庶務課を訪れて、亡くなった浜路課長には、いつもお世話になっていましたと言って、ご挨拶《あいさつ》もなかなか丁重でした」

「はあ……」

「たまたま私が相手をしたもんで、お嬢さんが大迫さんのお名前を言っていたことを話したのです」

「えっ、話しちゃったんですか？」

「あれ、じゃあ、いけなかったですか？」

「いえ、いけなくはないですけど……」

「ならよかった。大迫さんは、そのこと、けっこう気にしているみたいでしたよ。どうして知っているのか……をです。それで、いちどお宅のほうに、お悔やみかたがた伺いたいって言われるのです。もし差し支えなければ、今夜にでもお邪魔したいと。具合悪いでしょうか?」

「はあ、いいえ、べつに悪いことはありませんけど……」

気の重いことではあったが、断るわけにもいかない。

その大迫は食事時間を避けて、八時過ぎにやってきた。総会屋と聞いたので、ずいぶん怖そうな人を想像したのだが、中肉中背で物腰の柔らかい紳士だった。服装は地味なスーツだし、ネクタイも趣味のいいものをしている。

仏壇の前に案内すると、ふつうの弔問客よりはかなり長く合掌して頭を下げていた。そのあと応接間に通して、母娘二人で応対した。智子はいやがったのだが、寿子のほうも「総会屋」と聞いて、尻込《しりご》みした。結局、二人が顔を揃えることになった。

寿子がお茶を運ぶために、席をはずした隙に、大迫は智子が恐れていた質問をした。

「私の名前をご存じだったそうで」

笑顔を浮かべ、慇懃《いんぎん》な様子だが、それがかえって不気味だった。

「はあ……」

智子は肩をすぼめるように頷《うなず》いた。

「どういうところからお聞きになりましたかな? お父さんからですか?」

「いえ、そうじゃなくて……」

智子は言い淀《よど》んだ。浅見の名前を出せば出したで、またややこしい話になりそうだ。

「ちょっと、横浜のほうの関係の人からお聞きしたのです」

「横浜？……」

一瞬、大迫の表情が曇ったように、智子には思えた。

「横浜のどういう方からお聞きになりましたか？」

「ちょっとした知り合いです」

「はあ、ちょっとしたお知り合いねえ……」

大迫は苦笑した。智子が返事を拒否しているのは明らかだ。父親に聞いたのでもなく、簡単には言えないような相手に聞いたらしいこと、しかも相手というのが横浜に関係している――となると、いろいろな想像が浮かぶにちがいない。

「横浜とおっしゃると、お父さんが亡くなったのも、横浜でしたな」

大迫はすぐにさりげない様子に戻った。

「お父さんは横浜のほうには、よくおいでになったのですかな？」

「いいえ、ぜんぜん……ですから、今度のことは不思議でならないのです」

「そうですなあ、どうして浜路課長がああいう亡くなり方をされたのか、われわれにもさっぱり分かりません……そうしますと、お宅のほうにも、それを推測できるような手掛かりは何も残されていなかったわけですか」

「ええ、会社宛に遺書みたいなものがあったそうですけど、うちには何も……ただ……」

智子は手帳にあったメモのことを思ったが、大迫に言わないほうがいい——という気持ちが浮かんだ。

「ただ、何ですかな?」

大迫は優しそうだが、しかし圧力を感じさせる口調で言った。

「父が、亡くなる少し前、外人墓地のことを言っていたのです」

「外人墓地?」

「ええ、外人墓地へ行きたいとか、そんなようなことです」

「ほう、それで?」

「それだけです。横浜についてのことを話したのは、後にも先にも、それだけでした」

「なるほど、外人墓地ねえ……そういえば、横浜といえば外人墓地ですからなあ……」

大迫は大きく、何度も頭を縦に振って、感心したように言った。

「もっとも、浜路課長さんのことですから、外人墓地といっても、山手の外人墓地ではなかったかもしれませんな。あそこは、いささかミーハー向きでありますからな」

「は?……」

智子は問い返した。

「あの、山手の外人墓地って、あの、港の見える丘公園なんかのある、あれじゃないのですか?」

「そうですよ」

「そうしますと、ほかにも外人墓地があるのでしょうか？」

「ありますとも。むしろ、保土ヶ谷のほうにある外人墓地などは、規模も大きく、整備も行き届いておりますよ」

「そうなんですか、ほかにもあるのですか……」

浅見はそのことを知らず、山手の外人墓地を訪ねたにちがいない。

大発見であった。早くこのことを知らせてあげたい——と智子は気持ちが逸《はや》った。

その智子の様子を、大迫は興味深そうに、そのくせ何やら不安そうな表情で、じっと見つめている。その視線に気づいて、智子はどぎまぎしてしまった。

「浜路課長さんには、ずいぶんいろいろご迷惑をおかけし、お世話にもなりました。私でできることがありましたならば、何なりとおっしゃってください」

大迫はそう挨拶して腰を上げた。

玄関先まで送って出て、智子は大迫が車で来ていたことを知った。大迫が玄関を出るのを待っていたように、ＢＭＷがスーッと寄ってきた。

大迫は車の前で振り返り、もう一度、母娘に向けて頭を下げた。

運転の男が車を出て、後部ドアを開けようとしたが、大迫はそれを制して、自分でドアを開けた。

運転の男もただの運転手という印象ではなく、それなりに立派な紳士のように見えた。

車に乗るとき、こっちに向けて、小さくお辞儀をした。大迫良介の訪問のことと、外人墓地のことを、一刻も早く知らせなければ――と思った。

しかし浅見は不在だという。

「キーをお預かりしておりますので、外出されておいでかと思います」

フロントの人間はそう言っている。智子はそれから三十分置きぐらいに、夜中の十一時まで電話をかけつづけたが、ついに浅見を摑《つか》まえることができなかった。

翌朝、八時になるのを待って、智子はまた横浜に電話をかけた。だが、浅見はすでに外出したという。智子は舌打ちしたいような気持ちだった。なんだか、理由もなく、胸騒ぎがしてならなかった。

2

JR横須賀線の保土ヶ谷駅で降りた。鎌倉へ行ったときなど、横須賀線には乗ったことがあるけれど、保土ヶ谷は智子にとってははじめて踏む土地である。

保土ヶ谷区役所の観光課に聞いたとおり、改札を出て左側、東口出口に向かう。

電話の問い合わせに対して、観光課の職員は「ほう、保土ヶ谷の外人墓地へ行くのですか」と、感心したように言った。外人墓地というと山手のほうだけが知られていて、保土ヶ谷へ行く人はごく珍しいという話であった。

保土ヶ谷駅付近はマンションなど、いくつかのビルが建つほかは、背の低い商店や住宅ばかりで、ゴチャゴチャした感じだ。

教わったとおり、駅前の7番乗場で「児童遊園地行き」のバスに乗った。ベージュと緑がかったブルーのツートンカラー、サイドラインに「相鉄《そうてつ》バス」と書いてある。

保土ヶ谷の外人墓地は、正式には「英連邦戦死者墓地」というのだそうだ。

「ああ、それだったら、終点の一つ手前だ。西の谷という停留所で降りると近いね。降りるとき教えてあげますよ」

運転手は親切にそう言ってくれた。

お客は少なく、発車時の客は全部で五人。みんな主婦らしい中年女性ばかりで、申し合わせたように、手にスーパーの袋をぶら下げている。

国道1号線を少し行って、左折した。まもなく勾配《こうばい》のきつい道になった。狭い道で、むこうからトラックでも来ると、擦れ違いがやっとだ。

永田《ながた》町住宅というところで、智子以外の客は全員降りてしまった。バスの中は運転手と智子の二人きりである。大きな車体の中に、たった一人の客でいる気分は、あまりいいものではなかった。まるで空気を運んでいるようなもので、運転手が気の毒でならない。

「お客さん、次が西の谷ですよ」

録音されたアナウンスより早く、運転手は大きな声で言った。

「降りて、しばらく真っ直ぐ歩いて行くと、右手のほうが森みたいになっていて、そこが墓地だから、すぐ分かりますよ」

坂を登りきったところが西の谷のバス停。ここまでたったの十二分、料金は百七十円であった。

墓地だから寂しいところかな——と想像して来たのだが、付近は住宅街で、けっこう賑《にぎ》やかだ。この辺は高台で、見晴らしはいいのだが、無秩序に開発されたのか、住宅地は乱雑な印象があった。小さな敷地に建てた家々がひしめきあうように並んでいる。

バス停の前から、道路右手に、よく手入れされた植込みがあり、丈の低いフェンスが続いている。もしやこれかと思ったが、少し行ったところに「日本道路公団」の標識があった。

しばらくフェンス沿いに歩くと、運転手が教えてくれたとおり、道路右側一帯に、あまり丈の高くない木々がこんもりと茂っている森に出くわした。そこが墓地であった。

ここまで、道路には標識だとか矢印らしきものは一切なく、知らない者が車で通過すると、ただの大きな公園のようにしか見えないかもしれない。それにしても、むやみやたらに看板ばかり立ち並ぶ日本の風景の中に、こういう静かな空間があると、それだけでも気持ちが安らぐ。

問題の「門」は高さ一メートルそこそこだが、御影石《みかげいし》を組み上げた立派なものだ。鉄格子の門扉があるが、いつも開放されているらしい。

門を入る辺りから、ゆるやかな下り坂になる。どうやら墓地は全体が窪地《くぼち》のようになっているようだ。

（ここから北へ百歩なのかしら？——）

智子は門を入って立ち止まり、どちらの方角が北なのか迷った。薄曇りの空を見上げ、太陽の位置から判断して、ほぼ北と思われる方角を覗《のぞ》いた。

その方角は、なんだか、むやみに樹木の濃い斜面であった。奥に何があるのか、そこを百歩行くとどういうことになるのか、ちょっと薄気味が悪くて、足を踏み入れる勇気はなかった。

智子は門から真っ直ぐ、窪地の底のほうへ下りて行った。

その方角には中門とでもいうのだろうか、もう一つの門があって、その向こうは緑の絨《じゅう》毯《たん》を敷き詰めたような、広々とした芝生だ。芝生の上には、中央に一つだけそびえ立つ十字架と、それを囲むように点々と並ぶ墓標らしきものが見えている。

見回すと、墓地のそこかしこに、人の姿があった。一人で墓前に額《ぬか》ずいている人もいれば、甘い言葉を囁《ささや》いているのか、木陰にアベックで佇《たたず》む人もいる。外人墓地であるはずなのに、どういうわけか外人らしい姿はなかった。

途中、左手に御影石でできた石室《いしむろ》のようなものがあった。ちょっとした物置程度の大きさだ。その前を通り過ぎるとすぐのところに中門がある。

思ったとおり、芝生の上の点々は墓標であった。十字架をべつにすれば、日本の墓や、山手の外人墓地のような縦型の墓標はなく、御影石でできた、ほぼ正方形の小さな墓碑が、すべて芝生の上に張りつけたようになっている。そのために墓地全体が見渡せて、いかにも広大な感じがする。

門を入って、この芝生の緑のところまでが、およそ百歩ぐらいだった。しかし、方角としては、門から西へ来たような気がする。周囲を見回してみても、何も特筆するようなものはない。芝生の中に十歩ほど踏み込むと、最初の墓標に達するけれど、その墓碑銘に何か意味があるのだろうか。いくら眺めても、さっぱり分からない。

智子は引き返して、さっき見た石室を覗いてみることにした。

石室の入口の脇に小さい看板があって、「VISITORS《ビジターズ》 BOOK《ブック》」と書いてある。署名簿のようなものがあるらしい。

石室の中に入ると、正面に大理石のプレートがあり、そこに英語で「彼らの名は永遠に生きつづける」といったようなことが刻まれていた。

その下の英文を読むと、この墓地には、第二次世界大戦で戦死した人々が埋葬されていることが分かる。

碑銘の前の台に「VISITORS BOOK」が載っている。

観光課の職員が「訪れる人はあまりいませんよ」と言っていたが、たしかに記載された署名の数は少ないようだ。最初から日付を確かめながらめくってゆくと、署名と署名のあいだが何ヵ月も抜けていたりする。

訪問者の住所は、横浜市南区、保土ヶ谷区など、近いところが多く、文字の稚拙な感じからすると、若者がほとんどらしい。名前と住所だけというのがふつうだが、中に「仙台市桜町　木村享子《きむらきようこ》」という女性の「日本と違う明るさがありますが、この静けさと美がいつまでも続きますように」と美しいペン字で書かれたサインがあった。そして、それ以後、そのサインを見倣ったように、感想文を添えたものが並ぶ。「永遠の平和」「世界が平和と幸福で……」といったものだ。

　そして最後のページをめくった瞬間、智子は「あっ……」と悲鳴のような声を発した。そこには「闇の中に希望を求めて　三月十三日　浜路恵一」と記されていた。

「パパ……」

　智子は思わず、いとおしむようにノートに顔を近づけた。

　ノートからはカビのにおいが漂い出ていた。それがまるで父親の魂のにおいのように思えて、智子はたまらなかった。

　三月十三日、父親はここに来たのだ。「闇の中に……」と書いてあるところをみると、訪れたのは夜なのか。たぶん懐中電灯を頼りに、ここでサインをしたであろう父親の寂しげな姿と、「希望を求めて」と書いた、そのときの気持ちを想像して、智子はふいに涙が込み上げてきた。

　ノートの上に涙の滴がポタポタ音を立てて落ちて、サインの文字が崩れた。智子は慌てて身を引いた。父親がこの世で書いた最後の文字であった。

　智子はスッと身を起こし、涙を拭《ぬぐ》った。

石室を出て、ふたたび門のところまで戻ると、今度は躊躇《ちゅうちょ》なく、父親のメモに記されていたとおり、ほぼ北と思われる方角へ向かって歩きだした。

右上がりの斜面で、しかも木が茂り、歩きにくい。まだ春浅く、地面にブッシュが生えていないことだけが救いであった。

文字どおりの難行苦行で五十歩を数えたとき、ふいに脇から近づく人の気配を感じて、智子は立ちすくんだ。

無意識に顔を隠し、樹木の幹に隠れるようにしたが、ガサガサと枯れ葉を踏む足音は、真っ直ぐこっちに向かっている。

智子は本能的な恐怖を覚え、反転すると、元の方角へ引き返しかけた。

「待ってくれませんか」

案の定、男の声であった。

智子はギクリと足を止めた。

「失礼ですが、ここで何をしているのですか?」

丁寧な言葉遣いだが、冷たい感じでもあった。

「ちょっと、散歩しているのです」

智子は振り返りもせずに答えた。これ以上男が近づいたら、走って逃げようと思っていた。

「あれっ?」

男が不審そうに言った。

「あっ、あなた、浜路さんじゃないですか」

「えっ?……」

智子は思わず振り返った。

すぐそこに浅見青年が立って、大きな目を見開いていた。智子は驚きと安心に同時に襲われて、あやうく失神しそうになった。

「どうしたのです?」

浅見は言った。それは智子が訊《き》きたいことでもあった。浅見の声を聞いたとたん、なぜかまた、涙が湧いてきた。

「どうしました?」

浅見は今度は、心配そうに優しく訊いた。

「昨日から、ずっと探していたんです」

「探していたって……あの、僕のことをですか?」

「ええ、夜遅くまでと、それからけさも、電話して、ホテルに……」

とりとめのない恨みごとのように言った。

「そうだったのですか、昨日は遅かったし、けさは早くにホテルを出たのです。それは気の毒なことを……しかし、僕に何か?」

「ええ、昨日、うちに大迫良介っていう人が来たのです」

「えっ、大迫良介が？　お宅にですか？」

「ええ、突然やってきたのです」

智子は昨日の出来事を手短かに話した。浅見は智子の期待どおりに驚いてくれた。そのことが唯一、智子を慰めてくれるような気がした。

「なるほど、大迫氏がこの場所を教えてくれたわけですか」

「ええ、それに、さっき、父のサインがあるのを見つけました」

「ああ、あの石室の署名簿ですね。それは僕も拝見しました」

浅見は沈痛な顔になった。話すとまた涙が出そうなので、智子は急いで話題を変えた。

「あの、浅見さんのほうはどうしてここが分かったのですか？」

「それはあの人のお陰ですよ」

浅見は振り返り、少し離れたところから、樹木の隙間越しにこっちを見ている女性を指差した。

「あら……」

智子は、赤いブルゾンと細身の黒いスラックスという服装から、彼女がさっき見たアベックの女性であることに気がついた。とすると、彼女の相手は浅見だったことになる。

「ご一緒だったのですか」

智子は、少し距離をおくような、特別の意味を込めて、言った。

「ええ、ほかにも何人か一緒です。あとでご紹介しますけどね」

浅見が透かして見る方角には、墓参の人と思った男や女がいるはずだ。

「どういうことなんですか？」

智子はようやく、浅見がここに遊び目的で来たわけではないことを悟った。

「おいおい説明しますが、とにかく向こうへ行きましょう。ここら辺りは、なるべく足跡をつけないほうがいいのです」

浅見は地上を指差して、ニッコリと笑顔を見せた。

「お父さんのサインがあったことで、いっそうはっきりしました。浜路さんのお父さんが残したメモの『外人墓地』というのは、まさにここだったのですよ」

浅見は歩きながら言った。

「そして、門から百歩というのも、いまあなたが歩いて行こうとした方角なのです」

「えっ？　じゃあ、あれにはやはり、何かの意味があったのですか？」

「もちろんです。お父さんは几帳面《きちようめん》な方でしたから、忘れないようにメモを残されたのでしょうが、それがじつに貴重な情報になったのですよ」

二人が林の中から出ると、女性が近寄ってきた。たしかさっき、遠くに墓参の人のように見えていた女性だ。浅見が「こちら、横浜テレビのプロデューサーで、藤本さん」と紹介した。「よろしく」と笑顔で挨拶《あいさつ》されたのに、智子は「女性プロデューサー」の理知的なまなざしに圧倒されそうだった。

そこへ、男が二人、前後してやってきた。最初の紳士は「弁護士の宮田さん」と紹介されたが、遅れてきた男が憂鬱《ゆううつ》そうにニヤリと笑った顔を見て、智子は思わず「あっ」と驚きの声を発してしまった。男は金沢警察署の多田刑事であった。

女性プロデューサーに弁護士に刑事、それにフリーのルポライター……妙な取り合わせではある。

「なんだか、大事件が起きてるみたいですね」

なかば冗談のつもりで言ったのだが、誰も笑おうとしなかった。

「そのとおりですよ」

浅見が厳粛な表情で、重々しく言った。

「あなたのお父さんは、やはり殺されたものと考えられるのです」

「えっ……」

智子は顔の筋肉が痙攣《けいれん》するのを感じた。

「浅見さん、まだそう断定的なことを言ってもらわないほうがいいのですが……」

多田部長刑事は苦い顔をした。

「まだそんなことを言っている」

浅見は苦笑して、智子に訊いた。

「ところで、その大迫という人物ですが、この写真の主ではありませんか?」

ポケットから写真を出した。例のビデオから紙焼きした、「西柴の紳士」の写真だ。程度はあまりよくないが、人相を見分けることはできる。

智子は写真を手に取ったとたん、「あっ」と叫んだ。

「この人……」

「えっ、じゃあ、やっぱりこれが大迫氏ですか？」

浅見は意気込んだ。ほかの三人もいっせいに智子の顔に注目した。

「いいえ、違います」

智子は四人の期待を突き放すように、あっさり言った。

「違うのですか……」

四人は溜息《ためいき》をついた。

「ええ、大迫さんじゃありません。この人は大迫さんの車を運転していた人です」

「何ですって……」

浅見は大きく口を開けた。いや、全員が同じ表情になった。と思ったら、こんどは揃って笑いだした。智子一人を疎外した状態で、ひとしきりだらしなく笑った。

3

谷本清一はその日の午後になって、尾行が消えたことを悟った。

（ついに諦《あきら》めたか——）

北叟笑《ほくそえ》みたいような心境だった。岡松の婆さんの執拗《しつよう》さからいって、少なくとも一ヵ月程度は私立探偵にマークされるものと覚悟をしていた。婆さんが自分を疑っていることは百も承知している。疑われても仕方のない過去がある。

（まったく、岡松家の連中は、おれを虫ケラか何かのように思っていやがる――）

そういう苛立《いらだ》ちを幼いころからずっと抱えてきた。そのレッテルが自分をだめにしたのだ――という恨みもあった。

「岡松一族のおちこぼれ」「恥さらし」

それが婆さんの口癖なのだ。言われても、谷本はへらへら笑ってばかりいた。しかし、そう呼ばれるつど、腸《はらわた》が煮えくり返る想いだった。

（曲がりなりにも岡松物産の取締役である人間を摑《つか》まえて言う台詞《せりふ》か――）

ことを始める前に（どうせそう思われているのだ――）という、自棄《やけ》っぱちな気持ちもあった。

とはいうものの、谷本には最初から不安と恐怖感がつきまとっていた。身動きできないほどの借金と、女のこと、それにヤクのことがなければ、こんな大それた「仕事」を考えつくはずもなかった。

ヤク仲間に、偶然、小此木正志《おこのぎまさし》がいたことが、すべての発端であった。

小此木は大迫良介の側近であった。

ほとんど社業に参画しないような谷本も、大迫のことは知っている。株主総会のシーズンになると、岡松物産に現われて、議事進行のシナリオづくりに協力する人物だ。いわゆる総会屋なのだが、岡松物産には義理があるらしく、他の総会屋の締め出しにも尽力してくれるのだそうだ。

小此木がその大迫の側近だと知ったときには、谷本は驚いた。ヘタすると、ヤクに手を出していることが、総会屋に脅されるネタになりかねない。

だが、小此木自身、たっぷりヤクに汚染されていて、それどころではなかった。谷本とは妙にウマが合うところもあったのか、いつのまにか、同病相憐《あいあわ》れむ——という関係になった。

同病は麻薬を手放せなくなっているほかにも、共通したところがあった。カネの悩みである。その上に谷本には女がいた。小此木はもとの収入が少ないのだが、小此木ほどピーピーするはずのない谷本も、借金苦に責められているのは、女のせいであった。

借金は雪ダルマ式に膨れ上がった。このまま推移すれば、身の破滅は目に見えていた。

（セーラを誘拐しよう——）

ほとんど天啓といってもよさそうに、その考えが谷本の脳裏に閃《ひらめ》いた。そして小此木にその相談を持ち掛けた。小此木は二つ返事で引き受けた。

岡松物産の創立百周年記念イベントのために、セーラを出品する——というアイデアには、気難しい岡松の婆さんも乗ってきた。

ただし、谷本では信用がなさすぎる。本社のもっとも実直な人間を利用しなければならなかった。

そこで浜路恵一を起用することになった。浜路には、いささか頼りない面があったのだが、真面目ということなら、ほかにならぶ者はいない。それは岡松の婆さんも認めないわけにいかないだろう——と谷本は思い、それが的中した。

元会長未亡人は寝床の上から、はるかかなたに平伏する浜路に、「ご苦労さん、あなたなら安心、しっかり運んでくださいよ」と声をかけ、浜路を感激させたのである。

谷本は浜路に、人形を岡松家から通産大臣に寄贈するのだ——と言った。隠密裡《おんみつり》にことを運ばなければならないことも告げた。岡松本家が絡んだトップシークレットであることも伝えた。

浜路は喜んで言うことを聞いた。岡松一族である谷本重役じきじきの命令に、感激すらしている様子であった。

谷本は計画実行の二日前に、浜路に電話して、当日はホテルニューパレスに宿を取ること。そこで人形を解体して、平たいバッグの中に入れ換えること。それを、夜のあいだに保土ヶ谷にある外人墓地に隠すこと等々を指示した。

「外人墓地の門から北へ百歩行ったところに、サルスベリの木がある、その根方に埋めておくように」

それが谷本の電話での指示であった。

計画実行の前日、浜路はあらかじめ外人墓地を下見していたらしい。岡松家へ向かう車の中で、浜路は得々としてそのことを話していた。それを聞きながら、谷本は少なからず気が咎《とが》めた。

小此木が浜路を殺害するであろうことを、その時点で谷本はうすうす察していた。谷本にはその気はないのだが、秘密を守るためには浜路を生かしておけない——という小此木の説を拒むほどの度胸もなかった。考えてみれば、小此木の言うとおり、浜路を生かしておいては、成立する犯行ではないのだ。

いったんホテルに入った浜路は、人形をバラバラにしてからふたたび谷本の車に戻ってきた。

だが、車の中で点検してみると、人形を組み上げるゴム紐《ひも》がなかった。

「まずいじゃないか」

谷本は浜路を叱った。何でもいいから難癖をつけて、詫《わ》び証文を書かせるつもりだったのが、これで正当な理由ができた。

浜路は谷本に言われるまま、簡単な始末書を書いた。文中「セーラ」と書けばいいところを、「セーラさん」と書いたあたりに、浜路の実直さが滲《にじ》み出ている。

谷本は保土ヶ谷の外人墓地まで浜路を乗せて行って、門の前で降ろした。十五分後に谷本はふたたび門の前で浜路を拾い、西柴へ向かった。

「あの山の上に先方の秘書官が来ている。始末書を渡して謝っておいてくれ」

言い残して、谷本は浜路と別れた。岡松家へ「持ち逃げ」の報告に行ったのは、その直後である。

小此木が浜路を殺すであろうことは、もちろん、谷本も知らなかったとは言わない。しかし、万一事件が発覚して、警察に追及されるようなことになっても、自分はなにもそこまでやるとは思わなかった——と答えるつもりだった。

しかし、その必要もないほど、計画は順調に進んでいた。浜路の死を、警察は早々と「自殺」で片づけ、たとえ岡松の婆さんがいくら騒ごうと、たかが人形の行方などを真剣に探す気にはならない。

あとはひたすら、「恐喝者」の登場を待つばかりである。

だが、一つだけ、気にいらないことはあった。小此木が、テレビタレントの山名めぐみを殺してしまったことだ。

小此木は、警察の捜査の様子が気になって、称名寺の山の付近に行った際に、若い女性に声をかけられた、と震え上がっていた。

「そいつは、あの人形を誘拐したことを知っていたぞ」

小此木は「あいつを殺さなければ、こっちが危ない」と、ヒステリックに叫んでいた。

谷本は何かの間違いではないのか——と宥《なだ》めたが、「あんたは呑気《のんき》なことを言っていられるが、殺したのはおれだからな」と、我を通した。

それでも、行きずりの女の身元が分かるはずはない——と高をくっていたら、何日か経って夜中に電話がかかってきて、「殺《や》ったよ」と小此木は興奮した声で報告した。

「えっ、ほんとに殺ったのか？」

「ああ、殺ったよ」

「しかし、どうやって身元を調べた？」

「電話帳に載っていた。細かい住所は出ていないが、なに、そこまで分かれば、蛇《じゃ》の道はヘビでね」

小此木はこともなげに言った。

「マンションで張っていたら、男と一緒に帰ってきて、しばらくして出てきて、エレベーターまで男を送って行った。その隙に部屋に入り込んで、そして殺った」

別人のような幼稚っぽい喋《しゃべ》り方であった。

谷本はゾーッとした。小此木は明らかに、麻薬が原因の妄想に駆られたにちがいない。自分はまだ軽症だが、いずれ小此木のようになるのだろうか——。

しかし、警察は何を考えているのか、捜査は少しもこっちに向かってこない。うまい具合にその事件もまた、完全犯罪になりそうな気配だ。

（チョロイもんだな——）

谷本は警察の無能を嗤《わら》うとともに、幸運を神に感謝した。

そうして今日、どうやら岡松の婆さんがつけていた私立探偵の尾行や監視の目が解除された気配だ。

しかし、なお二日間程度は用心しなければならない——と思った。

翌日、谷本は小此木に電話して、事態の進展を説明し、計画の第二段階に入ることを告げた。

その日の午後、岡松家に最初の「恐喝」電話が入った。

「お宅の人形を預かっているのだが、買ってもらえますか」

短くそう言って、すぐに電話は切れた。

それから五度、電話があった。三度目のときからは、谷本も婆さんに呼ばれて、岡松家に来ていた。

その電話では、「代金」を一億円、要求していた。「代金」と言ってはいるが、「身代金」であることはまちがいない。

「出しますよ。そんなもの」

婆さんが言うのを、谷本は止めた。

「私の責任だから、なんとか私が取り戻します」

「そんなこと言って、何もできないくせに」

婆さんは相手にしない。もちろん、谷本はそれが狙いだが、ないがしろにされることには内心、腹が立った。

五度目の電話のときに、犯人の言い分を呑むと返事をした。

「よし、それじゃ、明日の夜十時、保土ヶ谷の外人墓地の、門から北へ百歩行ったところに金を持ってこい」

犯人はそう言って電話を切った。

「外人墓地？　妙なところだこと」

婆さんは首をひねった。

「だいいち、そんなところじゃ、もし警察が張り込んでいたら、捕まってしまうじゃないの」

「もちろんです、そうしましょう」

谷本は言った。

「ばかおっしゃい、そんなことをしたら、セーラがどうなると思うの。清一、あんたは余計なことを考えないで、とにかく指定されたとおりに一億円を持って行きなさい。犯人を捕まえようなんてばかなことは、金輪際、考えないようにね」

婆さんに叱られて、谷本はこのときばかりは（しめしめ）と思った。しかし、婆さんがなぜ、自分に一億の大金を委《ゆだ》ねるのか、そこまでは思案が回らなかった。いや、谷本にしてみれば、自分は岡松物産の重役――という矜持《きょうじ》があったから、婆さんの負託を一身に担って、何の疑いもなかったのだ。

もっとも、谷本に依頼した、当の岡松未亡人はあとで宮田に危惧《きぐ》を洩《も》らしている。

「ほんとに清一にお金を持たせて、大丈夫なの？」

「はあ、大丈夫だと……その、浅見さんが言っています」

「また浅見さんですか」

未亡人は首を振った。

「お若い方だけど、ほんとに信用していいのかしらねえ……」

最後は溜息《ためいき》になった。

岡松家を辞去した谷本は、自宅に戻ってから小此木に電話をかけた。

「明日の夜十時、横横《よこよこ》道路の上り線、狩場インターから一・四キロ手前、陸橋をくぐったところだ。起点からの距離表示が『一・二キロメートル』のところの路肩に車を待機させておくように」

小此木には、谷本の指示の意味がよく分からなかった。こっちには「外人墓地で」と電話をかけさせておいて、谷本は「横横道路で待て」と言っている。

横横道路というのは、正式名称は「横浜横須賀道路」といい、保土ヶ谷バイパスの途中から分かれ、狩場インターから横須賀まで行く高速道路である。

「横横道路の狩場インターから一・四キロメートル、起点からの距離表示が一・二キロメートルのところだな？」

何度もくどく念を押して訊《き》いた。

「そうだよ、間違えるな」

「どういうことなんだ？」

「そのときになれば分かる」

「そこで金を渡してくれるのだな？」

「そうだと言っているだろう。心配するな。いや、むしろ心配なのは私のほうだ、持ち逃げなんかしたら、ただじゃすまないからね。ははは……」

「そんなことをするはずがないだろう」

小此木はなかば本気で怒った。こっちは人を二人も殺している。裏切るはずがないではないか。

「それじゃ、もう一度説明しておく」

谷本もしつこいほど念入りに説明して、ようやく電話を切った。

（いよいよか――）

小此木は体が震えていることに気づいた、武者ぶるいだ――と自分に言いきかせた。一億円という金など、もちろん、これまで見たことがない。川崎の竹藪《たけやぶ》で、一億何千万だかの金を拾ったというニュースがあった。テレビで見るかぎり、大したボリュームには思えなかった。

一万円札が一万枚――そう考えてみても、やはり実感がなかった。はたしてどれほどの重さがあるのかも、見当がつかない。いろいろ想像を巡らせると、ますます体の震えが大きくなった。

（これでおれの人生も変わるか――）

小此木はふと思い、感慨無量であった。大迫良介に仕えて、すでに十五年になる。大迫自身は政治家や財界人とも堂々とわたりあえる大物だが、自分はいつまで経っても、大迫の下でウロチョロするネズミのような存在でしかなかった。

大迫が料亭で何時間も過ごしているあいだ、小此木は車の中で、じっと、ひたすら主が戻ってくるのを待つのみだ。そうして、早くも四十の坂を越えた。

そういう仲間は夜の赤坂あたりに行けば、いくらでもいた。道路端に車を停め、呼び出しの電話が鳴るまで、じっとしているだけの男たちである。

中にはヤクザの親分や幹部たちの車も少なくなかった。いつのまにか、そういう連中との付き合いができた。総会屋のなかにはヤクザの親戚《しんせき》のようなものもいる。

最初、ヤクを覚えたのは、その連中の勧めによるものだった。いたずらのつもりで始めたのが、病みつきになった。眠け覚ましにはいい——などと、自分に言い訳をしたが、結局、ヤクの魔力に負けた。

こんなことをしていたら、いずれ破滅してしまう——という恐怖は感じていた。この地獄から脱出するには、とにかく金が必要だとも思った。そこへ転がり込んだような、谷本からの「話」だった。

(とうとう人殺しになったか——)

そういう感慨に似たものもあった。人殺しというと、ずいぶん悪いヤツのように思っていたけれど、いざ自分がやってみると、それほど悪くは思えなかった。

(仕方がないよな——)

自分に言いきかせるように、そう思うことにした。

「さて、いよいよ明日か……」

小此木は呟《つぶや》いて、冷たいベッドに潜り込んだ。

電話機の台に盗聴マイクが仕掛けてあることなど、小此木はまったく疑ってみようともしなかった。

4

谷本は岡松家で一億円の入ったバッグを預かると、九時三十分には外人墓地に到着している。門は閉まっていたが、門も塀代わりの植込みも低く、簡単に跨《また》げた。

墓地は真っ暗で、懐中電灯だけが頼りだったが、門を入ったところを右に行けばいいのだから、間違いようがない。

それにしても、一億円の重量感はずっしりとしたものであった。はたしてうまく、小此木への受け渡しが成功するか、いくぶん気がかりではあった。

門から北へ百歩を刻み、夜目にも白っぽく見えるサルスベリの木に辿《たど》り着いた。

谷本はバッグの把手《とつて》にロープを結んだ。

時計を確かめると、まだ十時には十分ほど間があった。

谷本はサルスベリの根方を掘った。手を使って、注意深く掘った。思ったより深い穴であった。浜路の律儀さがしのばれる深さだと思った。

バッグを掘り出すと、中の品物の感触を確かめた。どうやら間違いなく、バラバラになった人形らしい。

時計の針は十時を指した。

谷本はロープの端を目の前を遮っている塀の上めがけて放り投げた。ロープの先端には釣りの遠投用の錘《おもり》と、目印になる白い荷札がつけてある。

錘はロープを引っ張って、あざやかに塀を越え、向こう側に落ちていった。

道路の両側には騒音防止のための遮蔽壁《しゃへいへき》がえんえんと続いている。壁の下ギリギリまで寄せて停めていても、脇を通過する車のスピードには恐怖を感じた。

少し早く着きすぎて、もう四分ほどが経過していた。時間どおりにことが運ばないと、パトカーが来はしまいか、そっちのほうも心配であった。

カーラジオが十時の時報を告げるのと同時に、いきなり、BMWの鼻面から、ほんの一メートルばかり先に、何やら白いものが落ちてきた。ロープの先に結わえてあるらしく、白いものは壁にぶら下がったまま、ゆらゆら揺れている。

大迫は車を飛び出して、白いものを摑《つか》みに走った。

白いものは荷札で、大きな文字で「ロープを引け」と書いてある。

大迫は壁に足をかけ、思いきり強く、ロープを引っ張った。何か重い物をズルズルと引き上げる感触があった。最後の抵抗がかなりきつかったが、無理やり引っ張ると、糸が切れたようなショックとともに、黒い大きなバッグがドスンと落ちてきた。

（金だ――）

バッグの上からの手触りと重量感で、大迫はすぐに分かった。

バッグを拾い、トランクに入れようとして、大迫はあやうく思い留まった。トランクは物言わぬ生命体で、すでにいっぱいであることを思い出した。

大迫は助手がいなくなった助手席の足下にバッグを置いて、運転席に戻ると、サイドブレーキをはずし、アクセルを思いきり踏み込んだ。

ＢＭＷは狩場のインター目指して、猛然とダッシュした。

谷本は、両手で大事そうにバッグを抱え、泥だらけになって森を出てきた。

いくつものライトが、いっせいに谷本を照射したときには、いったい何が起こったのか分からず、谷本は眩《まぶ》しそうに右手で目を覆った。

「やあ、谷本さん、ご苦労でしたね」

宮田弁護士が声をかけた。

「なんだ、先生も来ていたのですか……しかし、よくここが分かりましたね」

谷本は事態を把握していないのか、それとも空とぼけているのか、呑気《のんき》そうな口調でそう言った。

「受け渡しはうまいことといきましたか？」

宮田も同じような口調で言った。

「ええ、なんとか……しかし、もったいない話ですねえ。こんな人形に一億円も出すなんて……」

「ははは……」

宮田は笑った。

「谷本さん、茶番はよしましょう」

「茶番？　どういう意味です？」

「一億円、どこにあるのですか？　案内してくれませんか」

「何をおっしゃっているのです？　だから、受け渡しはうまくいったと言ったでしょう。金は犯人が持ち去りましたよ」

「だめだめ、嘘をついてもだめです。ずっと見張っているが、この墓地にそれらしい人物が出入りした形跡はありませんよ」

「それはそうでしょう、出入りなんかしていないのですから」

「え？……」

宮田は左右の仲間を振り返った。谷本の落ち着きぶりはただごととは思えない。何か不測の事態が起きたのだろうか？――

「それより先生、そこにいる人たちは誰ですか？」

谷本は反撃するように訊《き》いた。

「ああ、こちらは……」

宮田は仕方なく、電灯を一人一人に向けて紹介した。

「浅見さんと、藤本さんと、それに殺された浜路さんのお嬢さんの智子さんです」

三人は次々に頭を下げた。

「ああ、あなたが浜路さんの……それはどうも、ご愁傷さまで……あれ？　殺されたって、先生、いまそう言われましたか？」

「ああ、そうですよ」

「しかし、たしか浜路さんは自殺じゃありませんか」

「違いますよ、浜路さんは殺されたのです」

浅見が一歩進み出て、言った。

「あなたは、えーと、浅見さんでしたね」

谷本は警戒する目になって、じっと浅見の顔を見つめた。

しばらく、無言の状態がつづいた。墓地の闇の中で、懐中電灯ばかりが四つ、それぞれの顔を照らしているのは、まるで悪魔の儀式のように不気味な光景であった。

「申し訳ありませんが、その人形があった場所まで連れて行ってくれませんか」

浅見は言った。

「ええ、いいですよ」

谷本は気軽に答え、先に立って歩いて行った。少しも困ったような顔をしない。浅見たちは言いようのない不安に襲われた。

森の中深く入った。

「ここですよ」

サルスベリの根方の穴を指差して、谷本は言い、四人の顔を眺めた。

「金はどこです？」

宮田が珍しく強い調子で怒鳴った。

「何を言っているんです」

谷本の呆《あき》れ顔が、宮田の電灯に照らし出された。

「だから言ったでしょう、犯人が持ち去ったって。ほら、そこの塀越しにロープを放って寄越して、まず金を奪い、それに成功してから、ここに人形が埋めてあるのを教えてくれたのですよ」

「塀の向こう？……」

浅見は凝然と、暗い塀を睨《にら》んだ。

「その向こうは何ですか？」

「なんだ、あなた知らないの？　そこには横横道路が走っているのですよ」

谷本は勝ち誇ったように言った。

エピローグ

この夜の屈辱的な出来事について、浅見はついに、誰にも喋《しゃべ》る気になれなかった。だから、浅見光彦の事件簿を書いている、例の軽井沢の作家も、この事件の結末について、正確には知らないはずなのである。

とにもかくにも、人形だけは岡松先代会長未亡人の手に戻った。

「可哀相なセーラちゃん」

未亡人は人形に頬擦りをして喜んだ。いかにも少女っぽい仕草で、このぶんだと、まだ当分、長生きをしそうだ。

そして、問題の一億円は？……。

驚くなかれ、奪われたはずの一億円は、その二日後、バッグごとダンボール箱に梱包《こんぽう》されて、運送屋が運んできたのである。

荷物の差出人は不明であった。

「どういうことかしらねえ」

岡松未亡人は不思議そうな顔をしたが、人形も戻り、金も戻っては、不服を言うはずもなかった。

その日、岡松家には宮田をはじめ、浅見、紅子、智子、それに谷本も来ていた。一億円が返還されたことを知ったとき、谷本が腸《はらわた》の煮えくり返る思いだったことは、想像に難くない。

「何がどうなっているんだろう……」

谷本は思わずボヤくように言ったが、それはいかにも、彼の無念さが現われていて、浅見はいくらか溜飲《りゅういん》を下げた。

それにしても、何がどうなったのか、しばらくのあいだは、浅見にもさっぱり分からなかった。

かすかに曙光《しょこう》らしきものが見えたのは、大迫良介の側近、小此木の姿が見えなくなったことを知ったときである。

（小此木は消された――）

浅見は慄然《りつぜん》とする想いだった。しかし、そういう解決の仕方を選んだ大迫良介には、敬意にも似たような想いを抱いた。

警察はついに、浜路恵一の死を自殺と認定した事実を、覆そうとしないらしい。外人墓地の深夜の出来事など、警察の頑迷さを打ち砕くには、まだまだインパクトに欠けるということのようだ。

それはしかし、岡松一族と岡松物産、それに何よりも谷本にとっては、幸運と言うほかはなかった。

宮田と浅見は、谷本の処置について、激論を交わした。

浅見は谷本を告発し、処罰すべきだ——と主張したが、宮田は岡松家になり代わって、浅見の怒りを鎮めにかかった。

「せっかく追及しても、警察にその気がないし、だいいち、立件が困難ですよ」

宮田は赤子をあやすように、浅見を宥《なだ》め、慰めた。

「それに、殺害犯人である小此木は死んだのですから、堪忍してやってください」

そうまで言われると、言葉に窮した。

もっとも、浅見の本心も、あえて岡松家を傷つけてまで、正義を通すのがいいものかどうか、揺れているところだった。一億円が戻ったときの、谷本の絶望的な顔を見ただけでも充分かもしれない。

「社会的制裁によって処罰するほうがいいでしょう」

宮田が言うのに、もはや逆らう気も失《う》せてしまった。

勾留《こうりゅう》期間が切れて、小林ディレクターは釈放された。小林の逮捕は警察の勇み足と非難されたが、小林にも不倫という後ろめたさはあった。会社は小林に対して、「休養」の名目で現場からはずした。

『TVグラフィック24』は一週だけ休んで、復活した。宮田が岡松の婆さんに頼むと言っていたから、何らかの圧力をかけてもらったのかもしれない。

横浜を去る夜、浅見と紅子は、山下公園を真下に見下ろす窓際の席に、恋人のような雰囲気で向かいあって座っていた。

ホテルニューパレスのレストランで、窓際の席を予約するのは難しいのだそうだ。宮田弁護士が二人のためにその席を用意してくれた。

「あの先生、何か勘違いしているみたい」

紅子はそう言いながら、ワインのせいばかりでなく、顔を火照らせていた。

「このホテル、古めかしいばかりだと思っていましたが、いざチェックアウトしてみると、なんだか心残りを感じますね」

浅見は窓の外を向いて、言った。

「船が港を出てゆくときの感傷が、たぶんこういう気持ちなのかもしれないな」

狭い部屋や薄暗い廊下、鉛色の中庭、擦り減った石段……すっかり浅見の気分を滅入らせたそれらのものにも、長い歳月、慣れ親しんできた人々の郷愁がある。それが、まるで自分自身の記憶のように感じ取れるから不思議だ。

とっつきにくかったけれど、横浜港の歴史を見つづけてきた、気難しい船長のような顔をしたホテルであった。

「何はともあれ、よかったですね」

浅見はグラスを上げて、祝福を言った。

「『TVグラフィック24』も、心機一転、新しいシリーズに入るつもりで、頑張ってください」

「ええ、ありがとう」

紅子は小さく頭を下げたが、寂しそうな顔をして、暗い海に視線を向けた。

「でも、私、辞めようかと思っているんですよね」

「どうしてですか？」

「疲れたし、なんだか虚《むな》しくて……」

「そんな弱気、紅子さんらしくないな。紅は色の中でいちばん強い色ですよ。とても個性的で、強くあることが、そのまま美しいのです。紅子さんらしくないな。」

「あははは……それ、褒めてくれてるのかなあ」

紅子は久し振りに笑った。

「じゃあ、そういう浅見さんは何色？」

「僕ですかァ……そうだな、僕はさしずめカメレオンかな」

「えっ、カメレオン？」

紅子は驚いた。カメレオンは自分の専売のはずであった。

「そうですね、やっぱりカメレオンだな。すぐに影響されやすくて、しょっちゅう色が変わる。いまはそう、紅色に染まってますよ、きっと」

「あははは……」

紅子はまた心の底から笑った。同い歳っていいものだなあ——と、浅見の端整な横顔を盗み見ながら、ふっと涙ぐんだ。

自作解説

内田康夫

旅情ミステリーと称されるほど、旅がつきもののような作品を書いている。もちろん旅そのものが主題ではなく、あくまでもストーリーの必然性や演出の背景として「旅」が存在するのではあるけれど、僕は「読者」時代から松本清張さんの『砂の器』など、旅のあるミステリーが好きだった。書いている本人にとっても旅のある物語は楽しい。僕の作品のたぶん九十パーセント以上は取材旅行から生まれたものだ。取材行の旅先で出会った人人や思いがけない出来事からモチーフやテーマの発想を得ることも少なくない。

とは言っても、取材先をどこにするかは、いつも悩みのタネではある。「地名」プラス「殺人事件」のタイトルで書いている頃は、とくにそのことが作品の帰趨《きすう》を左右する最大の問題だった。

初期作品のタイトルの多くが「地名」プラス「殺人事件」だと思われがちだが、実際にその傾向が現れるのは意外に遅く、第六作目にあたる『遠野《とおの》殺人事件』が嚆矢《こうし》である。その次の『戸隠《とがくし》伝説殺人事件』、十作目の『夏泊《なつどまり》殺人岬』、十一作目の『倉敷殺人事件』と頻発してゆく。『多摩湖畔殺人事件』『津和野殺人事件』とその路線は第七十作の『博多殺人事件』辺りまではつづいた。

それ以降は『喪《うしな》われた道』を皮切りに地名や「殺人事件」のつかないタイトルが増えてくる。『鐘』『透明な遺書』『箱庭』『歌わない笛』『沃野《よくや》の伝説』『記憶の中の殺人』といったぐあいだ。しかし地名は消えても、「旅」は継続した。それは場所や土地を移動する物理的な旅ばかりでなく、過去に遡《さかのぼ》ったりする時間移動の「旅」でもあるけれど、やはり書いていて——あるいは読んでいて楽しいのは旅情あふれる旅だと思う。

取材先の選定にはその時々の条件や社会的な背景、時事問題などが絡むのだが、存外、その土地の名物が旬の時期だったりすると、それで決めてしまうこともある。北海道のカニや下関のフグなどがそのいい例である。ただし、そういう決め方をしたとしても、タイトルに冠する地名には二つの要点があった。第一に有名であること、第二に良好なイメージが備わっていること、である。かりに有名であっても、たとえば『大宮殺人事件』『名古屋殺人事件』では、地元の人はともかく、全国的な規模としてはあまり魅力的なタイトルという気はしない。

もっとも、例外はある。そもそも浅見光彦が住んでいる「東京都北区西ケ原」などというところは、東京の人間にさえ知られていない。ここを選定したのは、単に僕が生まれ育った土地だから土地鑑《おにこうべ》があるというだけの理由からである。その理由で書かれた場所としては「戸隠」や「鬼首」などがある。

前掲の「遠野」や「倉敷」「津和野」などは、当時の国鉄のディスカバー・ジャパンでにわかに脚光を浴びた地名だった。その後も「小樽《おたる》」「長崎」「軽井沢」「日光」「志摩半島」「湯布院《ゆふいん》」等々、観光地や雰囲気のいい都市の名前が続出する。本書『横浜殺人事件』は第五十一作目だが、「長崎」「神戸」とともに、エキゾチックな雰囲気のある港町として、いわばとっておきのタイトルの一つだったといえる。

横浜には定番ともいうべき観光名所がいくつもある。その当時はまだ「みなと未来」計画はその緒についたばかりだったが、横浜港そのものが魅力的だし、中華街、山下公園、外人墓地、野毛山《のげやま》など、どこを取っても僕の好きな街だ。ただし「横浜」の地名を冠したといっても、横浜を舞台に殺人事件が起きたというだけでは、当然のことながらいい作品は生まれない。物語のテーマは横浜に住む人々の哀歓が醸し出すロマンである。しかもそれには横浜でなければならないという必然性が伴う。

トラベルミステリーの難しさは、その土地の人間でもない者が、土地っ子の失笑を買わないようなものを書かなければならないところにある。地元の人以上にその土地に精通するのは容易ではないが、せめて「ほう、そんなこともあるのか」と言われる程度のことは書いてみたいものである。『横浜殺人事件』には、山下公園にある「赤い靴はいてた女の子」の像と「人形の家」、外人墓地なども出てくるが、僕はあまりポピュラーとは言えないような対象を探し出した。それが「金沢八景」の一つ「称名寺《しょうみょうじ》」であり、地元テレビ局の「神奈川テレビ」(作中では横浜テレビ)」だった。

称名寺のことは、当時「光文社」の編集者だった多和田輝雄氏に聞いて案内してもらった。多和田氏は『遠野殺人事件』以来、僕のいわゆるトラベルミステリーを数多く手がけ、そのシリーズを「旅情ミステリー」と名付けた人で、金沢八景付近に住んでいた。鎌倉時代からの古い寺があるのでいちど見に行きませんかと誘われ、行ってみてすぐに「第一現場」をここにしようと決めた。決められた側はさぞかし迷惑なことだったに違いない。称名寺は境内が池泉回遊式の庭園で、朱塗りのみごとな太鼓橋がかかっている。背後を小高い山に囲まれ、ちょっとした縦走路のような散歩道がある。山の頂きには八角堂があり、そこからの眺めがいい。山の反対側はすぐ麓《ふもと》まで町並みが迫っているので、寺の敷地すべてがまるで箱庭のようなたたずまいに思える。作品を読むとお分かりのように、この地理的条件が、ストーリーの重要な骨格を創り出すことになった。

物語の主舞台をどこにするかで悩んだが、地元ローカルテレビ局に目をつけた。まったくコネがなかったのだが、いきなり取材に訪れたあまり有名でもない推理作家を、わりと簡単に中に入れて、生放送中の番組を見学させてくれた。小規模ながらワイドショー的な情報番組で、ホスト役の紳士（後で横浜市の弁護士会長だと知った）とプロデューサーの「紅子」さんという女性が非常に魅力的なキャラクターだった。番組の内容を出演者ごとイメージモデルにしたばかりか、「紅子」をそのままヒロインの名前に使った。

ダイイングメッセージは「赤い靴はいてた女の子はどこへ行ったか？」というもので、この言葉を発したばっかりに、街頭インタビューの女性タレントが殺されるという、奇想天外なものだった。山下公園に隣接する「人形の家」を見学していて、ふとそのアイデアがひらめいた。ホテルの清掃係のおばさんが客室を掃除していて、ゴミのような一本のゴム紐《ひも》を拾ったのが、後にそのホテルに泊まった浅見光彦によって重大な手掛かりであることが解明される。

じつはこのホテル（作中では「ホテル・ニューパレス」）のモデルは横浜で最も有名な老舗《しにせ》のホテルで、大正十五年に建築、昭和二年創業という、横浜の歴史や文化を象徴する貴重な建物であり、戦前戦後を通じて多くの著名人の名が宿帳に記載されている。このホテルのレストランで、山下公園や港を眺めながら食事をすることが、横浜では最高の贅沢《ぜいたく》といわれたものだ。

ただし、創業六十余年（当時）の年齢はあらそえなかった。僕自身、取材の時に二泊している。本来は一週間ほど滞在して、ストーリーのプロットぐらいは練るつもりでいたのだが、設備などの老朽化がひどく、わずか二泊で退散した。そのことを浅見の体験として書いたところ、前記テレビ番組のホスト氏から「あのホテルはその後新築改装したので、横浜市民としては名誉挽回《ばんかい》のため、あなたを招待したい」と手紙がきた。歴史的価値のある部分を保存しながら、主要客室は新しい建物になったのだそうだ。ありがたくお受けして、山下公園を見下ろす部屋に一泊した。紅子さんとも再会し、夕食からナイトクラブまで手厚く接待していただいた。

だから褒めるわけではないけれど、これは素晴らしかった。このことに象徴されるように、横浜は古いものを大切にしながら、都市の再開発へ向けて大きくステップを切ったのだと思う。「みなと未来」地区の変貌《へんぼう》は目をみはるものがあるが、その中で「赤レンガ倉庫」の保存に成功した。市民団体の努力によるとはいえ、市当局の英断は評価される。

横浜は明治大正期のハイカラな趣と、新時代の鮮烈なものとが共存する街である。本書『横浜殺人事件』ではそのイメージを大切にした。そのことは「家」や、ひょっとすると「人」そのものの「古さ」と「新しさ」とのせめぎあいを描写することにも、通じるものがあったかもしれない。

『横浜殺人事件』を書いていて思いがけない発見もあった。それは野口雨情の「赤い靴はいてた女の子」と「青い目をした人形」の歌詞が奇妙に似通っている点である。じつはそれまで、この二つの童謡が同じ作者の詩であることも知らなかった。何気なく口ずさんでいて、その酷似ぶりというか錯綜《さくそう》というか、とにかく混乱しそうな気分になったことは確かで、その僕の感想を浅見光彦に置き換えて書いた。藤田編集長が「赤い靴を歌いながら青い目をした人形を思い浮かべていた」と述懐したことが、事件解決への一つのきっかけになるという展開に結びついたのである。

野口雨情といえば、最近、茨城県北茨城市を取材したが、この地は雨情の故郷である。雨情記念館を見学して、童謡「証誠寺《しょうじょうじ》の狸ばやし」の歌詞が、雨情の原作と実際に歌われている歌詞とではまるっきり変わっているのを知った。そのことから何かのヒントが生まれそうな気がした。西洋人形のゴム紐もそうだが、こういう発見があるのも旅情ミステリーの楽しさかもしれない。

二〇〇二年初夏

この作品はフィクションであり、文中に登場する人物、団体名は、実在するものとまったく関係ありません。
なお、風景や建造物など、現地の状況と多少異なっている点があることを御了解下さい。

（著者）

本書は一九九二年六月に光文社文庫として刊行された作品を角川文庫に収録したものです。

横浜《よこはま》殺人《さつじん》事件《じけん》

内田康夫《うちだやすお》

平成14年 5月25日　初版発行
令和6年 4月30日　11版発行

発行者●山下直久

発行●株式会社KADOKAWA
〒102-8177　東京都千代田区富士見2-13-3
電話　0570-002-301（ナビダイヤル）

角川文庫 12458

印刷所●株式会社KADOKAWA
製本所●株式会社KADOKAWA

表紙画●和田三造

●お問い合わせ
https://www.kadokawa.co.jp/（「お問い合わせ」へお進みください）
※内容によっては、お答えできない場合があります。
※サポートは日本国内のみとさせていただきます。
※Japanese text only

ISBN978-4-04-160754-1　C0193

角川文庫発刊に際して

角川源義

第二次世界大戦の敗北は、軍事力の敗北であった以上に、私たちの若い文化力の敗退であった。私たちの文化が戦争に対して如何に無力であり、単なるあだ花に過ぎなかったかを、私たちは身を以て体験し痛感した。西洋近代文化の摂取にとって、明治以後八十年の歳月は決して短かすぎたとは言えない。にもかかわらず、近代文化の伝統を確立し、自由な批判と柔軟な良識に富む文化層として自らを形成することに私たちは失敗して来た。そしてこれは、各層への文化の普及滲透を任務とする出版人の責任でもあった。

一九四五年以来、私たちは再び振出しに戻り、第一歩から踏み出すことを余儀なくされた。これは大きな不幸ではあるが、反面、これまでの混沌・未熟・歪曲の中にあった我が国の文化に秩序と確たる基礎を齎らすためには絶好の機会でもある。角川書店は、このような祖国の文化的危機にあたり、微力をも顧みず再建の礎石たるべき抱負と決意とをもって出発したが、ここに創立以来の念願を果すべく角川文庫を発刊する。これまで刊行されたあらゆる全集叢書文庫類の長所と短所とを検討し、古今東西の不朽の典籍を、良心的編集のもとに、廉価に、そして書架にふさわしい美本として、多くのひとびとに提供しようとする。しかし私たちは徒らに百科全書的な知識のジレッタントを作ることを目的とせず、あくまで祖国の文化に秩序と再建への道を示し、この文庫を角川書店の栄ある事業として、今後永久に継続発展せしめ、学芸と教養との殿堂として大成せんことを期したい。多くの読書子の愛情ある忠言と支持とによって、この希望と抱負とを完遂せしめられんことを願う。

一九四九年五月三日

角川文庫ベストセラー

明日香の皇子　内田康夫

巨大企業エイブルックにまつわる黒い噂。謎の連続殺人。恋人・恵津子の出生の秘密。事件を解く鍵は一枚の絵に秘められていた！　東京、奈良、飛鳥を舞台に、古代と現代をロマンの糸で結ぶ伝奇ミステリ。

佐渡伝説殺人事件　内田康夫

佐渡の願という地名に由来する奇妙な連続殺人。「願の少女」の正体は？　事件の根は三十数年前に佐渡で起こった出来事にあった！　名探偵・浅見光彦が大活躍する本格伝奇ミステリ。

高千穂伝説殺人事件　内田康夫

美貌のヴァイオリニスト・千恵子の父が謎のことばを残し、突然失踪した。千恵子は私立探偵・浅見の助けを借り、神話と伝説の国・高千穂へと向かう。そこに隠された巨大な秘密とは。サスペンス・ミステリ。

杜の都殺人事件　内田康夫

青葉繁る杜の都、仙台。妻と一緒に写っていた謎の男の死に、妻の過去に疑問を持つ夫。父の事故死に不審を抱く美人カメラマン池野真理子。二つの事件が一つに重なった時……トラベルミステリの傑作。

琥珀の道《アンバー・ロード》殺人事件　内田康夫

古代日本で、琥珀が岩手県久慈から奈良の都まで運ばれていた。その〈琥珀の道〉をたどったキャラバン隊のメンバーの相次ぐ変死。古代の琥珀の知られざる秘密とは？　名探偵浅見光彦の推理が冴える。

角川文庫ベストセラー

恐山殺人事件　内田康夫

博之は北から来る何かによって殺される……恐山のイタコである祖母サキの予言通り、東京のマンションで変死体で発見された。真相究明の依頼を受けた浅見光彦は呼び寄せられるように北への旅に出る。

鏡の女　内田康夫

めったに贈り物など受けとったことのないルポライター浅見光彦に、初恋の女性から姫鏡台が届いた。浅見は彼女の嫁いだ豪邸を訪ねるが……さまざまな鏡をめぐり、浅見が名推理を披露する表題作ほか2編を収録。

軽井沢殺人事件　内田康夫

金売買のインチキ商法で世間を騒がせた会社幹部が交通事故死した。「ホトケのオデコ」という妙な言葉と名刺を残して……霧の軽井沢を舞台に、信濃のコロンボ竹村警部と名探偵浅見が初めて競演した記念作。

隠岐伝説殺人事件(上)(下)　内田康夫

後鳥羽上皇遺跡発掘のルポのため、隠岐中之島を訪れた浅見光彦は地元老人と調査隊の教授が次々と怪死を遂げるのに遭遇する。源氏物語絵巻の行方と、後鳥羽上皇の伝説の謎に浅見光彦が挑む本格長編ミステリ。

王将たちの謝肉祭　内田康夫

美少女棋士、今井香子は新幹線の中で、見知らぬ男から一通の封書を預かった。その男が死体となって発見され、香子も何者かに襲われた。そして第二の殺人が起こる。感動を呼ぶ異色サスペンス。

角川文庫ベストセラー

菊池伝説殺人事件　内田康夫

フリーライター浅見光彦は雑誌の取材で名門「菊池一族」発祥の地、熊本県菊池市に向かう。車中で知りあった菊池由紀の父親が殺され、容疑は彼女の恋人に。菊池一族にまつわる因縁とは？　浅見が謎に挑む！

上野谷中殺人事件　内田康夫

上野駅再開発計画に大きく揺れる地元。ある日、浅見光彦は軽井沢の作家から一通の奇妙な手紙を託された。その差出人が谷中公園で自殺してしまい……情緒あふれるミステリ長編。

十三の墓標　内田康夫

警視庁勤務の坂口刑事の姉夫婦が行方不明になり、義兄が死体で発見された。王朝の女流歌人〈和泉式部〉の墓に事件の鍵が……余部鉄橋、天橋立股のぞき、猫啼温泉と旅情を誘う出色のミステリ。

佐用姫伝説殺人事件　内田康夫

浅見光彦が陶芸家佐橋登陽の個展会場で出会った評論家景山秀太郎が殺された！　死体上には黄色い砂がまかれ、「佐用姫の……」と書かれたメモが残されていた。浅見が挑む佐用姫の真実とは？

耳なし芳一からの手紙　内田康夫

下関からの新幹線に乗りこんだ男が死んだ。差出人〝耳なし芳一〟からの謎の手紙「火の山で逢おう」を残して。偶然居あわせたルポライター浅見光彦がこの謎に迫る！　珠玉の旅情ミステリ。

角川文庫ベストセラー

「萩原朔太郎」の亡霊　内田康夫

萩原朔太郎の詩さながらに演出された、オブジェのような異様な死体。元刑事・須貝国雄と警視庁で名探偵の異名をとる岡部警部が、執念で事件の謎を解き明かす！

讃岐路殺人事件　内田康夫

浅見の母が四国霊場巡り中に、交通事故に遭い記憶喪失に。加害者の久保彩奈は瀬戸大橋で自殺。彩奈の不可解な死に疑問を抱いた浅見は、香川県高松へ向かう。讃岐路に浅見の推理が冴える旅情ミステリ。

「首の女《ひと》」殺人事件　内田康夫

真杉光子は姉の小学校の同窓生、宮田と出かけた光太郎・智恵子展で、木彫の〈蟬〉を見つめていた男が福島で殺されたことを知る。そして宮田も島根で変死。奔走する浅見光彦が見つけた真相とは！

浅見光彦殺人事件　内田康夫

詩織の母は「トランプの本」と言い残して病死。父も「トランプの本を見つけた」というダイイング・メッセージを残して非業の死を遂げた。途方にくれた詩織は浅見を頼るが、そこにも死の影が迫り……！

盲目のピアニスト　内田康夫

ある日突然失明した、天才ピアニストとして期待される輝美の周りで次々と人が殺される。気配と音だけが彼女の疑惑を深め、やがて恐ろしい真相が……人の虚実を鮮やかに描き出す出色の短編集。

角川文庫ベストセラー

追分殺人事件　内田康夫

信濃追分と、かつて本郷追分といわれた東京本郷での男の変死体。この二つの〈追分〉の事件に、信濃のコロンボこと竹村警部と警視庁の切れ者・岡部警部の二人が挑む！　謎の解明のため二人は北海道へ……。

三州吉良殺人事件　内田康夫

浅見光彦は、母雪江の三州への旅のお供を命じられた。道中〈殉国の七士の墓〉に立ち寄った時に出会った愛国老人が蒲郡の海岸で発見される。誰がどこで殺したのか？　嫌疑をかけられた浅見母子が活躍する異色作。

薔薇の殺人　内田康夫

浅見光彦の遠縁の大学生、緒方聡が女子高生誘拐の嫌疑をかけられた。人気俳優と〈宝塚〉出身の女優との秘めやかな愛の結晶だった彼女は、遺体で発見される。浅見は悲劇の真相を追い、乙女の都・宝塚へ。

日蓮伝説殺人事件（上）（下）　内田康夫

美人宝石デザイナー殺人事件に絡む日蓮聖人生誕の謎とは!?　日蓮聖人のルポを依頼され、山梨県を訪れていた浅見光彦はこの怪事件に深く関わることに……伝説シリーズ一の超大作！

軽井沢の霧の中で　内田康夫

父親の死をきっかけに、絵里は軽井沢でペンションを始めた。地元の経理士と恋仲になり、逢瀬を終えた夜、彼が殺害された。（アリスの騎士）四人の女性が避暑地で体験する危険なロマネスク・ミステリ。

角川文庫ベストセラー

長崎殺人事件　内田康夫

「殺人容疑をかけられた父を助けてほしい」。作家の内田康夫のもとに長崎から浅見光彦宛の手紙が届いた。早速、浅見に連絡をとると、彼は偶然、長崎に。名探偵・浅見さえも翻弄する意外な真相とは。

隅田川殺人事件　内田康夫

光彦の母・雪江の絵画教室仲間の池沢が再婚することになった。ところが式の当日、花嫁の隆子は、式場へ向かう隅田川の水上バスから姿を消してしまった。混迷の度を増す事件の中で、光彦自身にも危険が迫る！

少女像《ブロンズ》は泣かなかった　内田康夫

毎朝、涙を流すという少女像。何故、彼女は持ち主が謎の自殺を遂げた朝だけ泣かなかったのか？〈車椅子の少女〉橋本千晶と、娘を失った鬼刑事・河内の心の交流が難事件を解決してゆく名品4編を収録。

鳥取雛送り殺人事件　内田康夫

新宿歌舞伎町で起きた殺人事件の第一発見者となった浅見光彦。遺留品の藁細工に着目し、被害者が雛人形作家だと知る。ところがその直後、今度は若い刑事が鳥取で行方不明に。浅見は謎の迷宮から抜け出せるか。

怪談の道　内田康夫

核燃料に関する取材で鳥取県を訪れた浅見光彦は、小泉八雲が「地獄」と形容した土地で、殺人事件に遭遇する。録音テープに残された〃カイダンの道〃という謎の言葉を手がかりに、浅見は調査を開始するが……。